面包的天堂

鲍尔吉·原野
作品

江苏凤凰文艺出版社
JIANGSU PHOENIX LITERATURE AND ART PUBLISHING, LTD

目录

蜜的秘密

谁在夜空上写字

星　辰

我有一个隐秘的想法，越来越想把它说出来，且不管别人是否耻笑。我的想法是：既然天上的星星这么多，又没有主儿，可不可以每人分一颗呢？

不是分星星的产权，我们得不到也搬不动具体的星星。我的意思说，撤销国际天文台对星星的命名，或者他们命名他们的，咱们再重新命名一下。每市每县每乡自行命名他们头顶的星星。大的，有益于国际交流的星星的名称暂时保留不动，如海王星、冥王星、北斗星等还叫原来的名。剩下其他星星，完全可以打乱重来，给人民带来意想不到的惊喜。比如说，旅游者来到新疆塔城市恰合吉牧场，一位白胡子老汉夜晚手指某星说，这是我，边上是买买提、窝依加依，右边是阿依古丽，阿依古丽边上是阿西尔。这窝星星都是他们村里的人。

这多好，比给老百姓分钱节省开支还能让他们高兴。农村牧区，以乡镇为单位各分一千个星星指标，命名时不得改变（占用）太阳、月亮、金星、水星、火星等重大行星的已有名称。命名期以五年为一届，届满重新命名，不得连任。像河南、山东这样的人口大省，一个乡镇分一千个指标显然不够，命名时优先考虑老年人、残疾人和复员军人。可以用乳名和外号命名星辰，但须征得本人同意。命名后，美丽的天空上将出现狗蛋星、满仓星、招弟星、吃不够星、扁担勾星、母老虎星、学究星和眼镜星。

这美好的设想，我还没有说完，接下来是：江西省玉山县石门村农民孙发财前往四川省小金县龙头村会见农民李大虎，他们同占一个星，即天文学所说的织女星。两人相见恨晚，喝酒夹菜，交换两地民生、治安、婚恋方面的信息，各自阐述了对电视剧的观后感。他们不仅在酒桌边上合影，而且用红外相机在织女星下合了影。红外相机的不足之处是看不出谁是谁，跟医院X光片差不多，骨白肉黑，但星星照得很清楚，这就可以了。

中国六百多个地级市，二千八百多个县，县下面有无数乡镇和村子，上网一查，牛郎星的命名人呼啦一大片，全出来了。他们有男有女、有高有矬、有半文盲也有“211”本科生。他们虽然有这样那样的缺陷但有一个共同的美德——遥望星空，寻找自我。当各省各县各乡各村的望星人的目光汇聚于一颗星星上时，有什么困难不能克服呢？他们，享受到了白天做工，夜晚成仙的幸福。土改后，农民有了土地。改革开放后，城里人买了自有房屋，但把自己名字命名星辰的幸福远远超过其他幸福，可以说比吃麻辣烫还幸福。

有人买了一台汽车却买不起车库，停在马路上凭警察贴罚款单。警察？警察能在星星上贴一个单子说这一颗星不属于你吗？贴啊，你咋不贴呀？有星星的人不需要车库，不需要93＃汽油和保险。星星自给自足地在天上飘，不给人添一丝麻烦却照亮了夜空。这几年不断有人引用哲学家康德的话说人最重要的事不是吃喝拉撒睡，而是仰望星空，庄严自我。但更庄严的是你仰望以自己的名字（外号）命名的星星。

假如有一颗星星分给我，我每天晚上抽出十五分钟向它行注目礼，为它起一个我所景仰的人物的名字，一个月换一个人。如东方朔、苏文茂、孙道临、焦耳、吕其明、里根和瑞典前首相帕尔梅。我在想象中擦拭这个星辰上面的灰尘，种植想象中的黄瓜、豆角、韭菜和牵牛花。我所拥有的星星是夜海上的清凉岛屿，是一匹无鞍白马。我将请人为这个星星谱一首歌曲，我亲自配器并把它改编为铜管乐、琵琶协奏曲、巴乌协奏曲、京胡协奏曲、唢呐协奏曲、娱乐琴协奏曲。录下来，对着星星播放。

人这一辈子一晃就过去了。有了一颗星，可以让你多想想宇宙的事，别老想自己的事，过得慢一点儿。长寿其实就是活得慢。人有了自己的星星，可以面对星星站桩、打坐，犯了错误对星星忏悔。星星没什么损耗，而我们竟变得如此富有，为什么不呢？何必让它们的名字躺在天文台的簿子里呢？既然可以把错安在政府身上的手还给市场，那么，错安在天文台、气象台、地震台的手就应该还给民间，让老百姓一人抱个星星玩呗。不用安宽带，不用投资基础设施，啥也不用，只乐。

星星们是夜海里泅渡的一群白象，白象们蹲在黑色的礁石上等待清风。星星们用独眼遥望地球。星星奔跑，撒下更多的星星。人这辈子所看到的最值钱又不上锁的东西只有星星。有北窗又无楼房阻挡的人最幸福，星群镶嵌在不同的玻璃上。星星代表着真正的遥远，告诉人什么是静谧，什么是梦境，什么是永远找不到答案。星辰的白雀斑在夜的脸庞上发出叽叽喳喳的笑声。月亮左右看看星星，更多的星藏在披黑大氅的群山之后。星是夜的村庄，村庄里还住着更多的、更小的雪白的星。它们坐在广场等待天黑，等大星给它们安装翅膀。

星星本来可以飞到离地球很近的地方，但它们不肯来，没人知道其中的原因。且不管星星远或近，我在等候分星星的消息。

车站的月亮

常识说月亮只有一个，我宁愿相信月亮有备份有值班因而有许多个。李白和苏轼的月亮已被他们带走了，他们离不开月亮，走到哪里都要跟月亮一起玩，带着酒。草原、戈壁和西拉木伦河都有各自的月亮，为什么说月亮只有一个呢？月亮们形状如一、胖瘦如一，但性格和气味不同。我感到戈壁的月亮太高，而呼伦贝尔秋天的月亮看上去挺有钱。火车站的月亮只照各地的车站。

车站的月光被两道闪光的铁轨支出去太远，好像铁轨是月亮走到人间的梯子。月亮在汽笛和人流黑潮中显出工业化的特征。在站台等车，常听到喇叭里传出不需要旅客听懂的话，譬如——“洞幺拐贰进五道。”我在心里给这种话续下一句——“天地悲凉草木秋。”喇叭里说：“接车拐六幺幺拐。”对曰：“碧海青天夜夜心。”这一些奇怪的话，列车来到脚下微微地震动，唯一带红色大檐帽的铁路员工对着铁轨立正，都在月亮的注视下显出苍白，让人觉得车站的月亮很操心，缺少休息日，熟悉工作流程。

一次，我坐的火车在俄国布里亚特北面的阿巴干车站停了五个小时。问停车的原因，说这列始发于乌兰乌德的火车比规定的时间早到了五个小时。阿巴干车站虽然没有往来车辆占道，也要按自己的时刻表运营。我们等待，但俄国的旅客并不觉得等待，认为这是生活的一部分，仿佛上帝来到阿巴干也要停留五个小时。俄国人在车站喝酒、接吻，有人把毯子铺在站台上睡觉。我在月台上光着膀子慢跑。那时候，我抬头看到阿巴干车站的月亮微红，像从桑拿房里出来的女人。天没黑的时候，麻雀从我肩头、耳朵边上笔直飞过又飞回，我从来没见过如此不怕人的麻雀。天色转为蓝灰色的暮霭，这里的天桥如同巨大的车站。我不明白俄国人为什么把天桥修得那么高，楼梯如同中山陵的台阶。在天桥上瞭望，可见方圆几十里景物。它也许担负着军事上的职责，是一个要塞的制高点。在天桥上，我看到阿巴干车站的月亮从布满密林的山峦往上升，山峦之间有白的夜雾包裹，符合黄宾虹所画山水的皴法。月亮微红只是它的特色之一，这里的月亮的第二个特色是横着走，仿佛是一艘轮船。在中国，月亮——不管是不是车站的——照例向上升，如气球那样。我想起了一首乌克兰民歌《德聂伯尔》的歌词——“你看那月亮暗淡无光，在黑云后面徜徉。”是的，这个月亮可能从乌克兰飘过来，没拦住，飘到了南西伯利亚。

斯图加特火车站的月亮仿佛被奔驰公司收买了。这个火车站由奔驰公司修建，楼顶有一个莹白发亮且旋转的奔驰车标。从我站的地铁站的角度看，月亮跟车标并肩而立，一黄一白，都在转。斯图加特火车站没人售票，车头有一个孤独的司机。这里的车站听不到奇怪的广播。

车站的月亮属于离家的旅人，属于身上背行李的人、口音不同的人、着急的人。月亮用清光在地下写字：别离——回家。车站的月亮有清脆的回声。每夜，火车把月亮拉到远方，交给下一站的月亮。

明月夜

月亮每个月圆一次，圆是月亮的任务。人类在没发明历法的年代，用月亮规律的圆作为时间的标记。他们把三十天或三十一天叫作一个月，当然每年的二月只有二十八天。月亮成了时间的名字，并且有排行——一月、二月、三月、四月、五月，一直到十二月。十二月并不是那个月的天上有十二个月亮，而是这一年的第十二个三十天，这些事听上去很幽默。月亮既是天上月亮的名字，又是人间时间的名字。

月圆之夜是世上的美景，月亮像黄铜的盘子挂在深蓝色的夜空上。说月亮挂在夜空上不完全对，挂东西要挂在绳子上或者钉子上，月亮那么大，往哪儿挂呢？天上也没有绳子和钉子。总之，在农历每个月的十五那天，圆圆的大月亮出现在天空，月光洒落大地，地上好像结了一层毛茸茸的白霜。我们伸手摸深秋草木上的霜，手指肚感觉冰凉，树叶上的白霜会被手指的体温融化成一个圆印。月光的白霜摸上去不凉，踩一脚也踩不脏，它像霜不是霜，是光。明月夜，大路上、屋顶上、树叶和草上都覆盖了一层月光的白霜。看上去，万物像泡在牛奶里，干净而且安静。

圆月当空，夜色不那么黑了。它不仅浅了而且有一些蓝。你知道，深蓝色的夜和金黄的圆月亮放在一起很好看，大地丰满而又清晰。在这样的夜晚，山峦的轮廓，河流和树木的轮廓都显露出来。在真正的黑夜，这是看不清的。夏天的圆月之夜看得见青蛙在池塘边上蹦跶，甚至可以看清夜空上的白云。冬日，如果大地堆满了白雪，月光照下来，大地更亮了，可以看到兔子在雪地里“扑哧扑哧”地往前跑。它刚从雪里拔出后腿，前腿又陷在雪里，跑得一点也不快，一点也不像兔子。

荞麦花与月光光

前年上秋，我在刀把子地机井房住了一个月，就一个人。看机井，因为“水利是农业的命脉”，防止地主富农破坏。“文革”中的地富分子，当年也许是最驯良和健壮的人了，他们见人则把路让开，低着头。由于劳动强度远超过贫下中农，因而更健壮。譬如我们队里老刘家的坏分子、老武家地主和老胡家富农。

我早知道，他们再健壮，也万万不敢破坏机井，甚至连一棵庄稼也不敢碰。

一天的后半夜，我急起撒尿，跌跌撞撞冲到屋外。人醒了，但除了腿脚和撒尿的机关外都睡着，即古人所谓“寤”之状态，摇摇晃晃地缓释负担。尿时，睁开眼，一惊；闭上再大睁，竟害怕了。我发现机井房周围落满大雪，白茫茫无限制。我收尿遂奔回屋。躺在炕上想，下雪了，啊？这时候全身都醒了。先想现在是几月，这不才九月吗？中秋节还没过呢？再说也不冷啊？窗户开着，屋里也没有火盆。不行，我蹑足下地，趴窗户一看……

大雪，毛茸茸的，约莫一尺厚吧，随着地势起伏。渐渐地，我明白了，披衣出屋，来到当院的土坪上。

荞麦呀，这是荞麦地。它们迸放繁密的白花，花瓣密得把地皮都遮住了。在白花花的大月亮地里，就是一场大雪，吓退夜半撒尿者一名。我在机井房住了一个月，当然知道屋前左右都是荞麦，开花了。但想不到在月夜，茫茫如此。我站着，然后又蹲下了。我相信有“月魄”一说，即月亮的灵魂常在静谧之夜出窍。这时候，月色细腻柔美，地上的坑坑洼洼无不承受到这种白面似的抚摩。当然月亮不会无故出窍，倘它在地上有情人（比如在刀把子地附近），必是荞麦花无疑。荞麦花在倾泻的月光下，微仰着脸，翕张口唇，感泣而无力言说。无风，蓝琉璃的夜空，小星三五在东。白花花的荞麦地如此专注于一件事，这太感人了，想不到世上有如此美景，可以由于内急而得以窥之。我知道老天爷会下雪，但不知道它还会造设烘托一种非雪之雪，酷肖。文人所称“梨花似雪”，颇觉勉强。梨花在疏枝上攀举，地上黝黑，即使在月夜，也觉得这么高的雪不易。荞麦花却雪白无疑，那种朴实的村妇气，在月下净去，宛如城里美人了。

我感到，月光和荞麦的神秘交往还没有结束，他们跟人不一样，在静美中传递更广泛有力的信息。我以肉眼当然看不出来，但也不碍什么事。突然，我后悔了，当一个人厌倦白天的种种单调景物时，谁知道造化在夜里制出许多奇境呢？我不知错过了多少机会。

节气近于秋分了，脚下一蓬绿草的修长叶子上，果然沾满雾水。秋虫的鸣唱此起彼伏，唐人（如白居易）说的“霜草苍苍虫切切”，或“早蛩啼复歇”。我不知道唐朝时

“切切”之音怎样读，白居易又是陕西渭南人。我听此虫声乃是“滋儿滋儿”。

看了一会儿，觉得有件事未做。想一想，认为应使另一半尿复出，然此物已不知去向。又待了一会儿，心里难受，想家了。也许是眼睛被雪白簇密的荞麦花逼出了酸楚。我今日想家，只是惦念父母，可用一个“忧”字结。二十年前想家，是想念包藏着童年与少年的远方的城市，实际是“怜”己。冷不丁想起，我怎么跑到这远离人群的刀把子地机井房前的土坪上蹲着呢？况且是半夜。

现在，我的愿望仍是想看一眼月光下的荞麦地。天地间，月在上，荞麦地在下，我披衣蹲着。

群星的呼喊

听虫鸣可以练听力。夏夜的合唱里，虫的种类会超过一百种，越是细辨，越觉出大自然的丰富无可比拟，虫世界比人世界还要热闹。

作为音乐术语，听力，指倾听人对音准和音高的辨别力。唱歌跑调的人不是声带出了问题，是听力有偏差。而更深入的听力，可以同时听到乐曲中不同乐器的演奏，比如听出铜管乐里面小号和长号的音色，听到小提琴和竖琴的声音。莫扎特的晚期作品，喜欢以长笛和竖琴对位演奏，小提琴齐奏上下迎接，与歌剧的咏叹调相仿。长笛是女高音，竖琴是次女高音，小提琴是合唱队。当所有的乐器共同演奏时，同一时间听出不同旋律的不同乐器的演奏，就有相当好的听力，自然也是好的享受。

以这种态度听取虫鸣，感到大自然的音乐更神秘、渺茫与出人意料。把虫鸣当乐曲听，相当于看赵无极的画。他的画乍看像骗子画的，但越看越见出精妙，没有五十年的苦功，当不了这样的骗子。他的画不具象，就像虫鸣没有旋律性。而他画里的一与多、线与面、构图（他好像用不上构图这个词，没构过）合乎星空一般的萧洒自如，做是做不出来的，画也画不出来。赵无极的画接近于音乐，音乐里面实在是“没有什么”。假如这个“什么”是主题、是高潮、是究竟的话，好的音乐一律什么也没有。听巴赫和莫扎特的音乐，似乎连铺垫也没有。我常想说巴赫的音乐没开头，劈面就是剥开的橘子瓣的脉络。但巴赫每首乐曲的开头，不是开头又是什么呢？这么一问，又把我问住了。但这种开头不是起承转合的起，是太极拳一般、云朵般连绵的意的截面。高级的艺术品首尾相连，像匈奴人崇拜的头尾相连的团形豹。

虫鸣也没有开头，谁也不知道夜里是哪只小虫发出的第一声鸣唱。它们的鸣唱织体晶莹，比星星散落得更远，好像流星们相互呼喊。我觉得流星那么突然地栽到一个地方，一定会传来呼救声，只是声音要经过亿万光年才传到我们 N 辈孙子们的耳边。那我们为什么听不到亿万光年之前流星的尖叫呢？可能人的生命太短，连一声流星声还没听到就过去了。这样，刚好可以把虫鸣当作群星（含流星）的呼喊。

箕坐山野，闭上眼睛听虫的鸣唱，感觉虫鸣如电脉冲在示波仪里长短窜动，如同大地的心电图，又像草芽从土里钻出，还像一张大网把夜罩住，虫子从网里往外钻。睁开眼，四野空旷，平安无事，而三野则是华纵的别称。夜晚，天像玻璃碗一样空灵盈余，大地的绚烂全被黑暗收藏，唯一收不走的是这些晶莹的虫鸣。它们让大地铺满了钻石，天亮时跟露水一起消失。

他乡月色

我越来越想念图瓦，三年前在图瓦我就想到会想它。

国宾馆是一座安静的三层小楼，靠近大街。大街上白天只有树——叶子背面灰色的白杨树，晚上才有人走动。人们到宾馆东边的地下室酒吧喝酒。我坐在宾馆的阳台下，看夕阳谢幕。澄澈的天幕下，杨树被余晖染成了红色。你想想，那么多的叶子在风中翻卷手掌，像玩一个游戏，这些手掌竟是红的，我有些震骇。大自然不知会在什么时候显露一些秘密。记得我在阳台放了一杯刚沏好的龙井茶，玻璃杯里的叶子碧绿，升降无由，和翻卷的红树叶对映，万红丛中一点绿，神秘极了。塞尚可能受过这样红与绿的刺激，他的画离不开红绿，连他老婆的画像也是，脸上有红有绿。

图瓦的绿色不多，树少。红色来自太阳，广阔无边的是黄色，土的颜色。有人把它译为“土瓦”。我年轻时听过一首曲子，叫《土库曼的月亮》，越听越想听。后来看地图，这个地方写为“图库曼”，就不怎么想听了。土库曼的月亮和图库曼的月亮怎么会一样？前者更有生活。象形字有一种气味，如苍山、碧海，味道不一样。徐志摩一辈所译的外国地名——翡冷翠、枫丹白露，都以字胜。

图瓦而不是土瓦的月亮半夜升了上来，我在阳台上看到它的时候，酒吧里的年轻人从酒吧钻出来散落到大街上，在每一棵杨树下面唱歌。小伙子唱，姑娘倚着树身听，音量很弱。真正的情歌可以在枕边唱，而不是像帕瓦罗蒂那般鼓腹而鸣，拎一角白帕。我数唱歌的人，一对、两对……十五对，每一棵树边上都有一个小伙子对姑娘唱歌。小伙子手里拿着750毫升的铝制啤酒罐。俄联邦法律规定，餐馆酒吧在22:30之后禁止出售酒类。而这儿，还有乌兰乌德、阿巴干，年轻人拿一瓶啤酒于大街上站而不饮乃为时尚，像中国款爷颈箍金链一样。

图瓦之月——我称为瓦月——像八成熟的鸡蛋黄那样发红，不孤僻不忧郁，像干卿底事，关照这些人。它在总统府上方不高的地方。我的意思说，总统府三层楼，瓦月正当六层的位置。所以见出总统府不往高里盖的道理。

书说，人在异乡见月，最易起思乡心。刚到沈阳的时候，我想我妈。见月之高、之远不可及更加催生归心。而月亮之黄，让人生颓废情绪，越发想家。我从沈阳出发到外地，想老婆孩子。而到了图瓦，一个俄联邦的自治共和国，我觉得我之思念不在我妈和老婆孩子身上，她们显得太小。所想者是全体中国人民。我知道这样说有人笑话，我也有些难为情，但心里真是这样子。虽说中国人民中，我所相识者区区不过几百人，其绝大多数我永世认识不到，怎么能说“想念广大中国人民”呢？而我想的确实就这么多。比如说，在北京站出口看到的黑压压的那些人

（不知他们现在去了哪里），还比如，小学开运动会见到的人、看露天电影看到的人、操场上的士兵、超市推金属购物车的人。我想他们，是离开了他们。在图瓦见不到那么多的人，也显出人的珍贵。早上，大街尽头走来一个人，你盼望着，等待着这个人走近，看他是什么人。但他并不因此快走，仍然很慢。到跟前，他一脸纯朴的微笑。

在图瓦，验证了人有前生一说，至少验证了我有前生。大街上，迎面遇到随便什么人，你得到的都是真诚质朴的笑容，像早（前生）就认识你、熟悉你，你不就是谁嘛。图瓦人迎面走来，全睛看你，突厥式的大脸盘子盛满笑意，每一条皱纹里都不藏奸诈。我像一个没吃饱饭的人吃撑着了，想：他们凭什么跟我微笑呢？笑在中国，特别在陌生人之间是稀缺品，没人向别人笑。而向你笑的人（熟人）的笑里面，有一半是假笑，和假烟假酒假奶粉一样。笑虽不花钱，却也有人不愿对你真笑。跟我社会地位低也有关。从美术美容观点看，假笑是最难看的表情，如丑化自我。纯朴的笑有真金白银。笑，实为一种美德。

我没想明白图瓦人为什么对人真诚微笑。而他们的生活当中，没有不诚实以及各种各样迷惑人的花招。中国人到这里一下子适应不了，像高原的人到低海拔地区醉氧了。这里没有坑蒙拐骗，人的话语简单，什么事就是什么事，这样子就是这样子。这让来自花招之地的人目瞪口呆，有劲使不上。图瓦人的笑容，展露的实为他们的心地。

总统府上空的月亮像带着笑意，俯视列宁广场。广场上一定有一些有意思的事情发生。我下楼去广场，看月亮笑什么。

列宁广场在克孜勒市中心。塑像立北面，身后山麓有白石砌就的六字真言，字大，从城市哪个角度都看得清。广场西面歌剧院。东面总统府。该府连卫士都没有，农牧民和猎人随便出入。总统常常背着手在百货公司溜达。广场中立中国庙宇风格的彩亭，描金画红。里面是一座巨大的转经筒，从印度运来，里面装五种粮食，一千多斤重。这些景色到了夜里跟白天不一样，所有的东西披上一层白纱，边角变得柔和，夜空越显其深邃，而瓦月距总统府上空其实很远，在山的后方。

广场上有两三个转经筒的人，有人坐在长椅上，有人缓缓地散步。他们在和我相遇的时候虽露笑容，但更庄重。他们的人民到夜里变得庄重了。我们的人民晚上似更活泼。我想到，图瓦人虽把纯朴的笑容送给你，像满抱的鲜花，他们其实是庄重的。面对天空、大地、河流、粮食和宗教，他们生活得小心翼翼，似乎什么都不去碰。农民除了种地时碰土地，剩下的什么都不碰，包括地上的落叶也不去扫。人在这里安分守己并十分满足。看图瓦人的表情，他们像想着遥远的事情，譬如来生。又像什么都没想，脸上因此而宁静。这种表情仿佛从孩童时代起就没变化过（他们小孩就这表情），更未因为衣服、地位、年龄和 GDP 而变化，只是成年人成年了，老人老了，表情都像孩子。再看月亮，我刚才在国宾馆看到的月亮像它的侧面，在广场看到的还是它侧面，这是下弦月。看它正面除非上火星看去。

脚踩广场的月色上，没发出特殊的声音，月色也没因此减少（沾鞋底上）。月色入深，广场像一个奶油色的盒子。人都回家了，只有一人从东到西、从南到北慢慢走，这是我和我的影子。

银河的手臂

从小到大，看周围，没改变的只有天上的星星。

它们没少也没多，这是我的猜想。我小时候不止一次数星星，但没有一次成功。星星像倒扣的扎满了窟窿的水桶，射入桶外的光亮。星星像深蓝海滩晾晒的珍珠，风干后发出贝壳的石灰质的淡光。星星是天外不知疲倦的守夜人，记录着地球的转速。星星假如少了——比我出生的时候少了两颗——也没人发现，更没人痛心、追查或在网上搜索。所以我无须什么证据就可以说星星没变化，星星一颗都没有少，没被拆迁以及列入 GDP。星星像夜的森林中的无数野猫的眼睛窥视人间。

我看到星星会想到童年。我觉得童年的星星大而亮，离人间比较近，我甚至想说出那时的星星也处于童年。为了不让人笑话，这话还是不说的好。我童年的地方有两山、一河，三层的楼房有三座，最繁华的莫过于满天星斗。那时有人逗我，说天下只有赤峰有星星，其他地方的夜如铁锅一般沉闷。这人还说那些下火车、下汽车的人，就是从外地来看星星的人。我听了真是自豪，以为星星是赤峰夜空结出的果实，像杏树结香白杏、桃树结水蜜桃一样。我从赤峰七小放学经过长途汽车站，见下站的人——他们东张西望，灵魂像被售票员收走了；牧区的人冬天穿着沉重的皮袄，脚登毡靴；有人拄着拐棍。我见到他们心领神会：唔，又是来看星星的。夜晚看星星的时候，我在心里分享外地人特别是牧区人看星星的喜悦。

小时候，我家络绎不绝地经过各路亲戚，他们到我家，然后去北京或呼和浩特，还有人奇怪地前往集宁；或者从北京、呼和浩特、集宁到我家休息一段儿，回他们自个家。一次，我大着胆子问一位亲戚：你上这儿来是看星星的吗？他竟想了很长时间，说是的。我又问，那你去呼和浩特看什么呢？他说看病。

天没亮，我和我爸我妈乘火车去甘旗卡，马路上所有的路灯都照着我们三个人。我爸的咳嗽像是问候路灯——它们在寒冷的夜里没结霜花，空气中带着冬天才有的铁锈味。星星挤在南山的背后，说它们潜伏在山后也没什么大毛病。南山戴雪，黑的沟壑如马的肋条。在新立屯我们吃了马肉饺子，我爸知道后很生气，我觉得味酸。

星星从克什克腾、巴林左旗和右旗那边飘进英金河的水面上，我趴在南岸，从草叶的缝隙往河里看——星星在洗澡、在悠游、在串门，而一颗空中落下的鸟粪吓跑了河里所有的星星。

我今天仰望星空的时候，关于星辰的知识一点儿没增加，而星星既没多也没少。观星使人感觉自己是近视眼，看不清它们，而它们又确凿地存在着。星星没有老，是人老了。星星没被氧化，它们身上没有自由基，不会脱发与肾亏，更不会得结肠炎或酒精肝。说到底，谁也不知道星星是什么，约略听说它们是发光的飘浮在太空的石头，这只是听说。人到老，对星星的了解也就是这些。印裔物理学家钱德拉塞卡比我们知道得多一些，说星星也会变瘦、变矮。当我们听说我们眼里的星光是千万年前射过来的之后，不知道应该兴奋还是沮丧，能看到千万年的星星算一种幸运吧？而星星今天射出的光，千万年后的人类——假如还有人类的话——蝾螈、银杏、三叶草或蕨类才会看到。如此说，等待星光竟是一件最漫长的事情。

群星疏朗，它们身后的银河如一只宽长的手臂，保护它们免于坠入无尽的虚空。

月亮从来就没穿过衣裳

月亮白天不出来，是因为它没有衣裳。它听说夜里人全都睡觉了，鸟也入睡。月亮方敢夜游，因为它没有衣裳。

喜欢望月的人不讲廉耻，如我，看月亮如何白白胖胖。我夜里不睡觉，只为看一看月亮。从窗棂看到的月、从回廊和柳梢头看到的月都差不多，都是月亮的这一面，或胖或瘦。它半个月减一次肥，再胖再瘦。水里的月亮比天上的月亮更真切，因为洗过。但钻进水里的月亮胆子小，即使微风，也要哆嗦。它怕有人不睡觉、偷窥。我懂月亮的担忧。为了夜跑，我买了一件反光背心。车灯照过来，背心的条纹射出强烈的反光。我在这条宽阔的蒲河大道上奔跑，虽有车辆驰过，看一眼反光背心心则安。一次，我奔跑中涌现尿感，挑选一个茂密的树丛背后解决。钻出来，我才想起不必去树后解手，反光背心告诉所有夜车的司机我正树后撒尿。月亮你太亮了，比我穿反光背心还亮，你怎能避免别人仰望呢？为护卫你的冰清玉洁，要么穿衣，要么调低亮度。你别相信人夜里睡觉这个传说，我在网上见到无数月亮一丝不挂的照片，替它捏一把汗。

别人说月亮上没 Wifi，它不知道。

如果我是月亮，就不介意这件事。小孩子从生下就看到你光溜溜的月亮，不奇怪的。到他垂垂老矣，月亮依然如此，这不就是天体吗？不必躲躲闪闪、不必减肥、也不必天亮前就逃走。据我所知，所有的人都知道月亮没穿衣裳，只有月亮觉得自己在漆黑的花园里夜游。衣裳嘛，不是多么重要的事情，月亮不怕冷又不怕热，衣不衣都无所谓。人穿衣是怕热怕冷，主要怕自己的身体不好看。真正好看的东西都无衣，如鸡蛋、如钻石，对不对？地球上没人像月亮这么白净，这么圆润，月亮不年轻也不算老，裸就裸着吧。按说呢？月亮有自己的衣服，即云彩。但它的云衫不尽职守。为什么？它们不想当别人的衣裳，它们自己想再穿一件衣裳。李白诗云“云想衣衫花想容”，道破了天机。云彩在天下到处跑，正是想找衣裳披在身上，你怎么能拿云当衣裳呢？况且，月亮无论穿上多么雍容的云衣，风一来，衣裳全被吹跑了，白穿了，找都找不回来。京剧界有一句行话，曰“云遮月”。吾问何意？人答此谓老生的嗓子。这番问答外人听不懂，这里解释一下，唱老生的好嗓子不必太亮（没穿衣），略带一点沙哑叫云遮月，好听，如月亮半穿半露的样子。而我形容略哑的嗓子所用的词是“包浆”，也说这层意思。

月亮光着吧，洒给地球的光多，有用。走夜路的人用月亮裸体的光寻找田埂，躲避地面的坑。青蛙借月光爬上莲叶，这是它歌唱的舞台。月光下的汉江分开秦岭和巴山，好多人分不开哪儿是哪儿。人看不清树林里的蛛网，但蜘蛛看得清。结网不算什么大事，月光这一点光足够了，蜘蛛借着光把网结的如老木的年轮，它在网上倒退进步，似凌空无凭的飞檐走壁。石臼里的水在夜里积满，白天有小鸟松鼠饮用。水滴从石缝里滴出来，第一滴水准确地砸中了月亮，第二滴水等待月亮复原，然后再砸下。水滴认为它锻造了月亮，如锻造金箔一样，使它又薄又圆，可以卷起来包一枚纽扣。月亮月亮。在夜海游泳，岸边堆满了它脱下的白云的衣裳，它以为天下没人见过月亮。

望月要到海边。这一面十里沙滩，那一面万顷海水，四外无遮无挡。月亮升起来，海水忙不迭把它的金光往岸上推送，企图埋在沙子里。这样的夜，海与夜空已浑然一体，只不过海在颠簸金光。无风无云的月亮在海面上航行，掉到海里也没关系。它不怕湿了衣裳，没衣裳。此夜月是君王，地上无山无林，没有河流与庄稼，只剩下反光的海水。白帆与海鸥全已停歇，让出天空和海面，由月亮独步。大海用动荡来迎接月亮，并没让月亮感动。海无须集体摇摆，划区域掀动波浪，鼓过掌的就不用再鼓了。月在海上穿行得很快，它听说海风里的化学物质具有腐蚀性，月亮也不例外。海边房子的门窗和墙都裂缝了，海风撕裂了它们。在海边待时间太长，会沾染方言。月亮提醒自己，全世界海边的居民都不说官话，无论里昂、悉尼、纽约、上海、青岛都是如此。这些地方的人又侉又洋。

每天夜里，月亮在全世界裸行一周，用光填平地面的坑坑洼洼，给海浪贴金。害羞的星星躲了起来，只有大胆的星星出来观望。

黑夜如果延长，月亮会不会熄灭？

如果黑夜延长，月亮怎么办呢？会不会黯淡无光？夜只在夜里出现，就像葵花籽在葵花的大脸盘子里出现，这个道理不言自明。如果夜延长了呢？小时候，我不止一次有过这个想法，但不敢跟别人说。它听上去比较反动，会给你戴上怀念旧社会的帽子，尽管我根本不了解旧社会。夜如能延长，不上学只是一个轻微的小好处，睡懒觉是另一个轻微的好处。我想到的大好事是抢小卖店。这个想法既诱人，又感到快被枪毙了，那时候，任何一处商店都归国家所有。任何“卖”的行为都由国家之手实施，个人卖东西即是违法。可是小卖店里的好东西太多，它就在我家的后面，与我家隔一个大坑。人说这个坑是杀人的法场，而我们这个家属院有一个清朝武备系统的名字，叫箭亭子。小卖店有十间平房，夜晚关门，闭合蓝漆的护板，好东西都被关在了里面，那里有——从进门右手算起——大木柜里的青盐粒，玻璃柜上放五个卧倒、口朝里的装糖块的玻璃罐。罐内的糖从右到左，越来越贵。第一罐是无糖纸的黑糖，第二罐是包蜡纸的黑糖，糖纸双色印刷。第三罐是包四色印刷蜡纸的黄糖。第四罐是包玻璃纸的水果糖。这三罐的糖纸两端拧成耳朵形，只有第五罐不一样，它达到糖块的巅峰，是糖纸叠成尖形的牛轧糖。我们都不认识这个“轧”字，但知道它就是牛奶糖。这里面，我吃过第一、第二和第三罐的糖，憧憬于第四、第五罐。家属院那些最幸运的兔崽子们也只吃过第一罐的黑糖，可能在过年时吃过一块，“嘎巴”一嚼，没了，根本记不住什么味道。他们其余时光都在偷大木柜里的青盐粒舔食。如果夜晚延长，我们可以从后院潜入小卖店，把打更的王撅腚绑上。我先抢第四罐和第五罐的糖，如果还有时间，再抢糕点——大片酥和四片酥，各一片。家属院的小孩有人说抢白糖，冲白糖水喝。有人说抢红糖，冲红糖水。烂眼的于四说他要抢一瓶西凤酒。因为他姥爷临终时喊了一声“西凤酒啊”命结。有人说抢铁盒的沙丁鱼罐头，我们没吃过，不抢。至于小卖店里的枕巾、被面、马蹄表、松紧带、脸盆、铁锹之类，我们根本没放在眼里，让抢也不抢。然而在我的童年，夜晚从来没有延长过。它总是在清晨草草收兵，小卖店一直平安在兹，我们每天都去巡礼、看糖。

月亮每夜带着固定的燃料，满月带的最多，渐次递减，残月最少，之后夜夜增多。如果夜延长了，月亮虽然不会掉下来，但会变灰，甚至变黑。黑月亮挂在空中，有很多危险，会被流星击中，也会被人类认为是月全食。它燃尽了燃料之后，像一个纸壳子在夜空里飘荡，等待天明，是不是有些不妥当呢？如果月亮不亮了，传说中的海洋也停止了潮汐这种早就该停止的活动，女人也有可能停止月经，使卖卫生巾的厂家全部倒闭。而海，不再动荡，不再像动物那样往岸上冲几步缩回，海会像湖一样平静。这也很好，虽然对卫生巾不算好。

人们在无限延长的夜里溜达，免费的路灯照在他们头顶。道路在路灯里延长，行人从一处路灯转向另一处路灯下。菜地里的白菜像一片土块，“哗哗”的渠水不知从何处流来又流到了何处。被墙扛在肩膀上的杏花只见隐约的白花却见不到花枝，如江户时代的浮士绘。路灯统治着这个城市，他把大量的黑暗留给恋爱的人。夜如果无限期延长，每只路灯下面都有学校的一个班级上课。下课后，赌博的人在这里赌博。多数商店倒闭了，路灯下是各式各样的摊床。人们在家里的灯光下玩，然后上路灯下玩。不玩干啥，谁都不知道夜到底什么时候变为白天。在夜里待久了，人便不适应白天，眼睛已经进化出猫头鹰的视力。他们可以在没路灯的地方奔跑，开运动会。他们开始亲近老鼠，蚊子取代狼成了人类的公敌。

如果亲爱的黑夜真的延长了，河流的速度会慢下来。河水莽撞地奔流容易冲破河堤。侧卧的山峰在夜里入睡，在松树的枝叶里呼吸。星辰在此夜越聚越多，暴露了一个真相——每一夜的星辰与前一夜的星辰要换班，它们不是同样的星星。在星辰的边上，站着另一位星辰。猎户座、天狼星在天上都成双成对，连牛郎织女星也双双而立。夜空的大锅里挤满了炒白的豆子般的星星，银河延长了一倍。动物们大胆地从林中来到城市，它们去所有的地方看一看。比如超市和专卖店，它们坐在电影院的座椅上睡觉，猫在学校的走廊里飞跑，猴子爬上旗杆……

星子缀满天空

星星对我展示一种人格化的亲近姿态，是在达里湖畔的一个夜晚。

达里湖形似一牛肩胛骨，位于克什克腾草原的西北边缘。我们到达之时已届仲秋，湖边遍生红草，像一堆堆暗燃的炭火，驱逐已经逼人肌肤的寒意。达里湖在蓝得刺眼的天空下悠然映出远山的倒影。在人迹罕至的蒙古高原，此湖安闲丰腴，像赋闲的天神。远眺湖面，鸥鸟起伏，浪挽涟漪，无意中领会到达里湖的女性化气息。难怪当地有传说，把湖神秘称作“达丽娘娘”。

看达里湖，你要调动好精神，一口气把它看够，然后头也不回地离开。心若一软，贪图眼福回头再看一眼，就难免又看上半天。所谓“流连忘返”就是这个意思。你看到了什么呢？无非湖光山色，它如亘古不移又似瞬息万变。造化和人工的区别就在这里：人之手下无论多么巧妙的制品，刺绣也罢，园林也罢，总是极尽复杂，然而观者一目了然。自然展示的是单纯，好像啥也没有，浑然而已，给人以欣赏不尽和欲进一步了解却又无奈的境界。譬如看达里湖的蓝，令人惊羡，宛如在蓝中还有什么更美的东西。想起了一本台湾畅销书：《最蓝的蓝》。

入夜，我们几个不怕冷的人决意在湖畔的蒙古包下榻。蒙古包的样式设施均好，但这宜于夏夜里睡，离地半尺无遮拦，冷风自由去来。十多个人盖着被子和大衣挤在一起，在烛光下讲些稀奇古怪的故事。近子时，我出外解溲，却被眼前的景象惊呆得说不出话来。

满天的星星肃然排列，迎面注视着你。他们好像在蒙古包等候了多时。在这里看星星，星星们在你眼前亮起，一直亮到了脑后。你仿佛把头伸进了一座古钟里面，内里嵌满活生生的星星。我顿悟《敕勒歌》中为什么有“天似穹庐”的句子。在这里看到，天原本就是一个硕大的圆形屋顶，很低很矮，始终伏在人的脚底下。好像一抬脚，哪里都可以去得到。这儿的屋舍牛栏也是谦逊的，绝无都市大厦的傲慢。

站在夜风中的达里湖畔，脚下是地，遥遥与地相接的远方就是天了，因为那儿星斗闪烁。在草原看星星，无须仰头，可如观壁画一般平视。李白诗云“云傍马头生”，不是虚言。在这里，星星会像铃铛一样系在马鬃旁。先人称“天圆地方”，不错不错。以往看星星，觉得他们清冷遥远。在沈阳，几乎无星星可看。这里的星群太生动了，每个星都像伸着头在观察我。这里的星星多得很，它们拥挤嬉笑，它们矜持沉思。看到它们，我想起了“摇摇欲坠”这个不太中听的词。星星和达里湖里有一步之遥了。也许它们已经看清了人间的事情，便不欲进一步深入了，台湾诗人郑愁予将星星亲昵称为“星子”，我看到的真是一群有灵性的星子。星子们，你们是别在哪一位酒醉的天神衣襟上的徽章呢？他踉踉跄跄地把你们携到了达里。这位天神一定是英雄，不然怎么会拥有你们这些精灵。银河在头顶疏然一束，怕会是天神从肩上滑下的薄薄的羊毛围巾吧。

后退的月亮

在乌兰扎德噶，我中止了早上跑步的习惯。所谓草原并不平坦，草下面的地势深浅摸不准，容易崴脚。跑步招狗叫。狗只见过牧区的马跑，没见过人跑，它急躁地告诫你停下来。第三是我回答不出牧民兄弟的提问：你跑什么？什么东西丢了？我不好意思说这是锻炼身体。他会问：身体还用锻炼吗？干活就行了嘛。我告诉公社的厨师，我跑步是跟美国总统布什学的，他六十多岁还在跑步，很坚强。厨师回答我，你说的这个总统我听说过，他吃饼干噎昏过去了，霍日嗨（可怜哪），他的精神不正常。

为了保持精神正常，我改为晚上走步。沿西拉木伦河岸往东边走，月亮刚好从宝格达山顶上升起来，把路照得清清白白。

山上的月亮，称之为白嫩也是可以的。它别无所依地停在海底一般深蓝的夜空，好像拿不准要不要继续向上升。不升是对的，月亮现时的角度恰好俯瞰西拉沐沦河在夜色里的清明。河如静止，与月对望。河上漂过一片叶子，把水中的月亮从中间划开。月亮摇荡几下复原，比刚才更白。

河水在远处分为两岔，铺开犄角似的银白光带。河水浅处，微凸搓衣板似的网，拦截水里的碎银子。鱼从河面跳出来，“啪哧”一声，传得很远。同伴吉雅泰告诉我，鱼打架。我听了疑惑，鱼还打架？黑天还在打？同伴说，鱼最不是东西，特别是草鱼，爱捣乱。我说，那就把草鱼全都抓起来吧。吉雅泰笑了，他是分管政法的副苏木达（副乡长），说派出所里没有网。

夜鸟从灌木中惊醒。它们有夜盲症，没飞多远又落下，“嘎嘎”叫，明显在抱怨。月光照亮了沙地的蜥蜴，它出溜出溜爬，扭着尾巴。我特想踩住它的尾巴。小时候，我跟父母住五七干校，祸害过它的尾巴。这种不文明行为源于一个传说，说蜥蜴掉了尾巴自己能安上。传说造孽，蜥蜴哪有这个能耐，它又不是张悟本。

好看的是草叶上的露水。草在后半夜才结露水，透明的露珠在月光下变得莹白。远看，草披挂周身珠宝，摇摇欲坠。这哪是草？每一株都是君王，琳琅锦绣。

我跟吉雅泰走了很远的路，却见月亮一步步向后退。人往前走，月亮向后撤。你停下，它也站脚。我们绕过宝格达山，月亮退到了沙金山顶上。月亮怕人啊，吉雅泰说。

走牧区的夜路，没有什么可怕的事情发生。坏人都在城里面，这里只有纯朴的、已经睡觉的牧民。大自然也睡了，留下月亮看守天庭。沼泽里传出鸟叫，如青蛙的叫声。吉雅泰说这不是鸟，是虫子，在树上像蝉一样刮翅膀。

月色越发白净，牧民的房子看上去比白天矮了，毛茸茸的。如此明澈的夜空，看得见细长条的云彩。云彩想把星星藏起来，但星星在云后偷偷露出了眼睛。

我的精神还正常吧？我问吉雅泰。他说正常，但你不应该穿皮鞋出来，露水把皮子都溻软了。还是不正常，我心里说。

根河的夜

蒙古史诗《江格尔》里写道：江格尔是唐苏克·蚌巴可汗的孙子，乌琼·阿拉德尔可汗的儿子。江格尔在银白色的额尔敦山的南麓建了一座金宫殿，这个宫殿好高，“离白云只有三指宽的距离。”《江格尔》还说，在江格尔身边围绕着十二员虎将和八千个宝通（野猪）。这么多野猪围着江格尔做什么呢？说下去我们才知道，野猪是江格尔对手下勇士的命名。谁作战勇敢，江格尔就命名他为勇敢的宝通，并允许他住在金宫殿里。

在根河行走，我每每想起这句话——“离白云只有三指宽的距离。”这是从肚脐眼到下面关元穴的距离，跟一位身高一米六的亚洲女人的鼻长差不多。根河的云朵从养狐狸的砖房的屋脊后面升起，离屋顶的烟囱只有三指宽。云朵掉进葛根河的流水里，离山杨树的倒影只有三指宽。根河境内森林密布，白云好像从世界各地赶过来到这里定居，享受阴凉、鸟啼和干净的河水。从云彩的形状看，有的云正在山脚下卸行李，有的云在天空寻找降落的草地。云在根河的天空显得十分拥挤，而且没有空中管制。有些云互相冲撞却毫发无损并合并为同一朵云，像把一桶水泼进了河里一样。

到夜晚，事情发生了变化。我到根河时值七月，之前这里连下了好几天雨，大地上多出来好几千个水泡子，草原开满了小黄花和白色的野芍药花。在根河市住下来大约晚上九点多，天空并没有人们所说的黑透。粗略说，大地已经笼罩在黑夜里，而天空依然澄明，与黝黑的土地分割清楚。如果你愿意把这一种天色称为深蓝也不算错，但找不到蓝色，只是不黑而已。夜里，天空的云朵明显少了，这证明我所说的云彩来自世界各地的判断很对，它们经过长途跋涉，需要歇着，找地方扎自带的帐篷睡觉去了。夜空剩下的孤零零的云彩只是一些梦游者或掉队的云。我看到，这些云竟然是黑色，它们有黑檀木那样沉着的黑色却不是乌云。所谓乌云是雨云，云层很低，连成片，移动迅捷。而这几朵黑云高悬天心，悠然不动。我明白了，这是根河独有的夜景。这里的天空不黑，白云缺少光的映射变成了黑云。

在这样的草原上夜行，见到远处弯曲的河流白亮如练，我几乎不敢相信自己的眼睛，以为那是白雪堆积在河道。上个月，也就是六月，我在新疆的喀纳斯漫游，看到野花盛开的草原的某一处山坳堆积白雪。这些雪好像与夏季无关，该化的雪在五月份已经化了。但在根河，闪着耀眼白光的河流只是河流，白光只是天光。此景让我非常留恋，黑黝黝的树林和草地里，弯弯的河流闪着白光，白光的尽头即天际分散着寥落的星星，仿佛是河流的尽头。

夜深了，我沿着公路往城里走。四外虫鸣，那一种晶莹的“唧唧”声，如同露珠在喊叫。露珠大概在和离自己“三指宽的距离”的另一颗露珠谈恋爱，它们的身子缩进圆圆的脸里，偎在草叶的掌根微笑。虫鸣如同黑暗的草地里藏着一万块瑞士手表，滴答滴答，咯达咯达，手表的齿轮在赛跑，看谁在天亮时跑到树尖上。城里也有一条河，当地人说这是从激流河引出的支渠。但我看它还是一条河，宽约七八十米，水不深，在鹅卵石的河床里“哗哗”流淌，水声传出几百米外。

再往前走，闻乐声。循声来到一个广场，见到篝火晚会。看了一会儿，得知这是鄂温克人敬火神的聚会。几根松木支成帐篷形，人们把浇柴油的劈柴塞进松木下的空隙里，火焰熊熊。质朴的鄂温克男女老少手拉手围着火堆起舞。他们先是一个大圈儿，后来变成里外两个圈儿。里圈人步伐急骤，外圈人的动作迟缓一些。好像所有的民族在开蒙初期都有围拢火堆舞蹈祭祀的习俗。火焰驱赶寒冷、黑暗与野兽，熟化食物。如果没有电和电脑电视机，北方的各族人民现在可能都在围拢火堆跳舞呢。人的脸膛被火光照亮，手拉着与被拉着的认识与不认识人的手向一个方向移动。音响传出的鼓声如同你的脚步声，这比上网有趣多了。鼻子闻到燃烧的松木味道，我抽空看一眼天上那朵黑云，但是天已黑透，像沥青的大锅把小黑云煮化了，整个天空被一个盖子扣严了。我们都跻身一个黑暗的罐子里，等明天的天空把盖子打开。

根河真是很小，我往回走的时候，又闻到了树林的气息。这是樟子松、落叶松、白桦林和山杨树混合在一起的味道，其中掺着土壤腐殖质与河流的气味。灯光明亮的街道上竟然传来了林区的气味，真是幸运。根河小镇是大兴安岭怀抱的小小的孩子，是藏在蓊郁的大森林里的几条街道而已。

穿上夜色出行

夜是树木华贵的礼服。夜的黑金丝绒遮去了杨树身上的疤节和瘢痕，夜色把它从头包到脚。每一片树叶的正反面也遮盖了夜色，防止水分流失。杨树，还有椴树、槭树都穿着这样的睡衣进入梦乡。在梦里，它们模仿乌鸦在金黄的麦地里飞翔。无论怎么飞，睡衣都没被风刮走，还紧紧裹在身上。树叶虽然在风里“哗哗”响，但刮不走夜色。树叶的正反面同样黑，如同乌鸦背上的羽毛。

白桦树每到夜晚要犹豫一下，它问有没有白一些的夜色，或与它树皮颜色一样的睡衣？夜不回答任何问题，它默默包住桦树的树干和树枝。桦树看自己一点点黑下来，先是灰色，后来变成深灰色，跟其他树没什么颜色上的区别。它很怕别人管它叫黑桦树，虽然俄罗斯和呼伦贝尔有这种树，但不是它。白桦树要永远白下去，夜懂不懂这个？不懂当什么夜？夜没时间管这个，它甩一下大氅的左襟，包住一半山河，甩右襟包住另一半山河。万物在夜色里变得矮小，灌木本来矮小，夜里显得更矮，根本看不出是树，倒像草墩子。夜用大襟扇动，搅拌夜色，夜色越来越浓。黑过松树的树干，黑过渍酸菜的石头，黑过大酱，黑过黑莓，煤堆在夜色里失去了轮廓。夜的被褥在大地上铺好了边边角角，“世界是你们的，也是我们的。”归根结底，在夜里世界只属于夜。夜没用水也没有水就把夜灌满了大地和天空，没被夜色淹没的只有星星。

小甲虫披着夜色行走，不仅凉爽，而且隐蔽。甲虫早就厌倦了身上花哨的、带斑点的外壳。这样的外壳，除了轻浮，还有哪样好处呢？夜色多么深沉，它让甲虫像一只黑钻石。不睡的鸟儿也不敢吃一颗黑钻石，那会噎死它。甲虫觉得自己爬行如一颗钻石爬行，其他生物都会让路。它看到同样乌黑的甲虫爬动时，以为见到了梦游的自己。兔子在夜里跑得更快，它庆幸自己每天晚上可以换上一身黑兔的皮草，它比白皮草更光滑，跑起来阻力更小。在夜里，黑兔子无论打滚、拉屎或竖耳朵都不会暴露目标。黑兔子靠在松树边上站立，看上去就是松树的一部分。如果不伸手摸，谁也不知这里有一只兔子。黑夜毫不费力就把兔子变成一块石头，一个树桩或一只狐狸。在夜里，兔子跑起来跟狐狸没什么区别，都是一道黑影，除非狐狸用放屁证明自己是狐狸。大部分鸟儿有夜盲症，夜里不飞，怕撞到树上。我看到夜里也有鸟儿在飞，可能是治好夜盲症的鸟。它们飞起来像乌鸦，听得见翅膀拍打树枝，却见不到踪影。一次有鸟群从夜空飞过，星星和月亮显出了它们的轮廓。它们急促扇动翅膀，如躲藏，飞过的夜空有一些发白。

云在夜空上依然很白，夜色包不住云，云和星月一样，仍在夜里面。夜有夜的不足，虽然白桦树变黑，白兔变黑，但云彩仍然白着，仍然在天上飘。云并没因为黑夜的降落到大地上睡觉。白云变黑无须夜色帮忙，雨来之时，云变灰变蓝甚至变黑，但还没有黑牛那么黑，却比老榆树还要黑一些。白昼的雨云俗称乌云，它乌而低而翻滚。如果下的是雷阵雨，太阳一出来，它立刻变白，比通常的白云还白，如蚕丝一般。我的理解是：它把雨水泄尽就白了，但雨水并不黑呀？它身上的黑去了哪里？我在黑夜里没见过乌云。夜里下大雨时，看不清天上有云，也见不到雨，只听到雨声。清朗的夏夜，天上的白云比白天更悠闲。一般说，夜里白云不多，只有几朵值班的云，它们飘得也不快。月亮钻进云里好长时间才钻出来，证明月亮和云移动的都不快。夜里没什么事，太快没用。月亮边上的白云如一座岛屿，它的大小对月亮刚刚好。你可以想象那片云是月亮的温泉。

风穿上夜色出行。夜色是风最好的衣衫，比丝绸柔软，比风还轻。如果拿一立方米夜色和一立方米风在秤上称，还是夜色更轻。风觉得夜色是天生的翅膀，宽广而适于起伏。身穿夜色的风钻过树林竟无声音，也不担心被树杈刮破衣衫，因为前方的夜色会为风打好补丁。风想象自己的拖地大氅很长，扫过草地，收拢更多的夜色。风跃过山冈，纵身跳入河流，衣衫丝毫无损。在夜里，风摸到堆积在水面上的更多的夜色。水仍然是透明的，但夜色让水面看上去有一点凝固。水有皱纹但夜色无纹，因此河水看上去流淌缓慢。河流慢慢地把夜色推到岸边，让星星回到原来的位置。风把大氅盖在水面上，飞进山里。无论从哪个方向看，山里都藏着最多的夜色，如沉淀的古墨。

谁在夜空上写字

夜里，登上汗乌拉山的山顶，风吹石壁，仿佛已经把山推出了很远。站在山上看远方的星空，如平视墙上的一幅地图。夜空像百叶窗一样倾泻而下，不用仰脖子。这样慢慢看就可以了，先做的事情不是辨寻猎户座在哪儿，以及牛郎织女星的位置，它们跑不掉的。先看夜幕有多大，这像一只蚂蚁探究沙漠有多大。大地之上皆为夜空，眼前的不算，夜从头顶包围到我身后。转过身，夜又从头顶包围到我身后。这么大的夜，却不能说是白天变黑了。我宁愿相信白天和黑夜是两个地方，就像大海与森林不一样。

流星划下，由天穹划入霍林河方向。我以为它落地三四秒后会发生爆炸，起火，照亮那一小片地方。但没有，我在心里重新数了三个数，还是没有。流星也不一定诚实，或者它掉进沙漠里了。科尔沁的沙漠漫无边际。在流星划下那一瞬，我觉得有一个高大的神灵在夜幕上写字，刚才他只写了一撇，他的石笔断了一个碴，化为流星。为什么是撇呢？他可能想写人。人没意思，神怎么会写人呢？他不一定写汉文，天神写字最有可能写回纥文。这是神奇的文字，催生了藏文和蒙古文。它的字形更接近自然，像木纹、冰纹或绳索的纹样。

面对这么一幅夜空，难免想在上面写写画画。汗乌拉山顶的灌木如一簇簇生铁的枝叶。风钻进衣服里，衣服膨胀为灯笼。夜色最浓重的部分由天空滑落并堆积在地平线，那里黑重，堆着夜的裤子。夜在夜里裸露身体，否则谁也看不到星星。夜只在傍晚穿两件衣衫，入夜便脱掉了。没有人能在夜里看清夜的身体。横卧的银河是天河的身体，夜在澄明中隐蔽。虽然有光，夜在光里交织了无数层纱幔，黑丝编造，细到了纳米级，让人的视力不管用了，兽眼管用但兽对夜不起妄心。风吹到山顶后变得无力，软软地摊在石头后面，往下走几步，便感觉不到风的气流。河流白得不像河了，如一条蜿蜒的落雪地带，雪花满满地堆积在河床。

天比地好，它不分省市县乡，我眼前的夜空应该比两个县大，但它不说自己属于哪个县，也不设天空的县长。以后官不够当了，也许会在天上设省和县，让后备干部先当天上的省长和县长，慢慢过渡。夜空上面的群星，我以为跟星座什么都无关系。把星星拟分为星座，不过是人类的臆想。星星是密码，是航标，是人所不辨识的天的文字。人类从古到今所看到的星空只在一个角度，是扁平的对望。而进入夜空，譬如上升到一百万公里之后看星星，看到的就不是什么大熊星座、猎户座了，序列全变了。星星像葡萄一样悬挂在眼前，在运行中变换队伍，传达新的密码。星星把地球人管它们叫大熊星座当成一个笑话。近看，星星有粉色、蓝色和地球人没见过的颜色。地球人离星星太远，星星仿佛是白色，实际这仅仅是光亮。正像灯光所发出的光，与白无关。

群山在夜里隐藏得最好，巍峨陡峭。这些外貌全被夜色藏了起来，山的轮廓变矮，只是稍稍起伏一下作罢。山坡的树终于变成跟山同样的颜色。月亮照过来，树林的叶子竟白成一片，像漂在树顶的河流。山石变成灰色，山上的泥土变成黑色。枭鹰的叫声如同恐惧于这样的寂静。风再次吹来，仿佛我是麦子，把我一吹再吹，让我成熟。我想如野兽一般从风里嗅到五十里外其他野兽的气味，但嗅不到，只嗅到苔藓的腥气。谁忍心和这么大一片星空道别？星星眨眼、荡漾、飘忽、航行。在无人的夜里，在山顶对星星打什么手势都被允许，与它们对话却显得徒劳，太远了。看一会儿，我大体的想法是星星散布的不够均匀。一是头顶少、四外多。二是东南少、西北多，匀一匀不行吗？远方的河水只白不流，如果走近，见到月光拦腰横在河面上，不让流。我知道狐狸、獾子、狍子在树林里活动，那里很热闹。又有流星一头栽到地面，太快，没看清这只流星多大个，也看不清它落到了哪个旗县。天上又有人写字了，折断的石笔头落在人间，它写的字在哪儿呢？

屋顶的夜

夜是什么？首先它不是一个对时间的描述。时间是穿过夜与昼的钎子，既不是日，也不是夜。夜是光线缺席？也不是。人们所说的光指太阳光，它只是光的一种。夜里亮起一盏灯，照亮墙壁和书本上的字。但夜还在，灯光撵不走夜。

夜像太阳和露水，每夜来到人们身旁，来到草的身上，站在大路两边。夜色为眼睛而不是手而存在，手摸不到夜的身体，夜在人的眼里像漆黑的金丝绒，像山峦，像典雅的雾。

月亮从东山俯瞰山路，夜藏在鹅卵石和树干的背后。夜没有影子。烟囱和院墙的影子是月亮的随从。无月之夜，夜把丝线缠在每一根树枝上，让黄花和蓝花看上去像一朵朵灰白的花，让人感到狗看东西的局限——狗的视网膜看不到彩色。夜站在山坡，跟松树并排站立，看公路睡眠的表情。

夜没在河里，夜进入不了水。夜看见无数大河在峡谷奔跑，像一条条宽阔的道路，且平坦。河水没被夜色染黑，不像草和树，它们每一夜都穿上夜送来的睡衣。

喜欢夜的不光是小偷，还有猫和猫头鹰。猫在夜里走路舒服，毫不费力地上房和上树。夜对猫头鹰来说是巨大的游泳池，被染成黑色的空气是池里的水。猫头鹰每夜游过十几个街道，体验有氧运动。

有几次，我后半夜在大街上走，遇到了更多的夜。它们站在玻璃幕墙的大厦的边上，趴在没竣工的楼房窗台上向外望。被月光漂白的草坪下面，潜伏着夜的碎末。我在马路中央的双黄线上行走，谁都没走过。我大声唱歌并朗诵，没人阻止你，路灯躬身聆听。我说——夜！叫上去像是——耶！再说一遍夜还像耶。在这么好的夜里人们为什么执迷不悟，钻进被窝里睡觉呢？

昨晚，夜来自一个未知的地方。那个地方如此之大，可以装下密密麻麻的夜。黎明前，夜悄无声息地撤离，干脆利落，没给白天留下哪管一小片条缕。它们撤退以吸铁石的方法集结，所有的夜被吸入一个折叠的口袋。

夜站在屋顶，像一层庄稼，风吹不散，它们认得每一片瓦。夜在瓦的下面做上记号，第二天看一下有没有虫子爬过。

钻入屋子里的夜安静，能忍受鼾声和难闻的酸菜味，它们在床上，桌上随便睡下，熟悉人的气息。外面的夜高大，监管着每一颗星星的位置，校正星座与地面的数据。

夜在哪里休息？绵绵不断的夜趴在花朵下面和向日葵脸盘子上打盹。夜走过昼的日光走过的所有路。夜知道所谓人生历史与时间的背面都贴着一个标签，上面写着："夜"。夜比昼更享有恒久。

夜河两岸的灯火

坐船在夜里的河流里航行，船往东西南北哪个方向开都无所谓，这件事船长知道就好了。我希望船长迷路，开回去，然后再开过来。我曾到前舱隔着玻璃看船员开船，他们双手把着舵，认真地目视前方行进。我觉得不这么认真也是可以的。他们用力看着前方，实际上什么也没看到。河水只在船灯照耀的地方闪耀碎光，而正前方是巨大的黑暗，我们认为那都是河水。船似乎并没走，而仪表证明着它在走。坐船感受不到坐车才有的车轮轧在公路上的实在感，船漂浮。发动机以巨大的轰鸣声证明它在行走，在巨大的黑暗里行进，我替船想象船首分开波浪，本该是白色的浪花在黑夜里无声无息。

在这么宽阔的大河上，夜里只有一艘船行驶，仿佛它去的不是一个码头，而要把船开进更深的夜。城里的夜不深，像给夜上漆的人半道跑了。城里的夜色没等堆积到土地上就被车冲跑，夜只在城里的树冠和灌木里藏了一小部分，大部分夜还在笔直的高楼墙壁上爬行，常常爬不到楼顶就溜了下来。夜被酒吧和大卖场的灯光晃得睁不开眼睛，只好转身跑掉。更多的夜躲在下水道里，等待汽车和人的喧闹停下来之后回到地面。夜的听觉器官敏锐又容易受损伤，同样容易损伤的还有夜的金丝绒礼服。它们的礼服不怕风，甚至有防雨的功能，像鸟儿的羽毛那样。但这样的衣服怕沾上餐馆的油烟子味，怕车辆冲撞。在闹市区，夜的衣衫被车辆刮得像笤帚一样褴褛，挂在树梢。夜因此显出白，其实是薄了。夜的衣服不够穿，才会单薄。

河上有真正的夜。它们一层层铺在水面上，幽暗沉重但不妨碍河水流动，也不影响鱼往水面吐泡，像花骨朵一样的水泡被夜一一没收，夜不相信河水能开什么花。河流上的夜色是巨大的黑米面的切糕。我们这条船在分割这块切糕。船在河中心航行，切糕被切成两块，分属两岸。我站在船舷看水，水在哪里呢？天上无月，星星太远，看不清夜色下面的水。我以为，天光会给河的波纹描上银边儿，使水浪如一根根银条追逐，但没有，银子跟杜十娘的珠宝一起沉入了河底。

船离城市渐远，两岸的树林如黝黑的山丘，中间夹杂灯火。远处的灯火给我的印象是十分微弱，仿佛会被大风吹灭。这些光如伫立荒野里的一盏灯，径直点亮。这些发出金色光芒的灯正在观察我们的航船，它们看我们比我们看它们更好奇。我回头看看这艘船，两层客舱灯光通明，还有人在甲板吃鸭脖、喝啤酒，很壮观。我看到岸上的灯光渐渐离远，就有一些难过。我也不知道为什么难过。这些灯火并不在旷野里，它们来自居民的房子。仿佛我应该走近看一看这些灯光，感谢它们对我们的凝视。灯火一点点隐入树林里，再也见不到了。如果没有河水，跑过去看看这些灯火并不难。

船在航行，没人知道它在向哪里航行。四面八方都是浓密的夜色，但船只往前开。站在船上看星星，那些放射十字光芒的星星也像在夜的河流里航行。它们没有目的地，星星已在夜空的河流里航行了亿万斯年，没人在星星上吃鸭脖子、喝啤酒，星星上也没有船长。船的轰鸣声小了下来，我估计它进入了一条顺流的航道。两岸的灯火居于高处，那是山上的灯火吧。船又开了一会儿，看出衬在夜空背景的山峦。同样在夜里，山峦比夜空更显黝黑，仿佛是不长草木的黑石头。夜空比山峦清明一些，也许因为星星相互照亮，空域无限岑辽。人说大气层之外的空气稀薄。看夜空，最远处的夜色也稀薄。也许到牛郎织女星那里已经没什么夜了，最多是一个傍晚。看星星，如果你在原地旋转仰望，星星会像蝴蝶一样飞旋，仿佛大片的雪片欲落下来却被风吹走。这是跟星星玩儿的方式之一。除此，没找到其他跟星星玩儿的方法，还没人发明出来。船在行驶中微微动荡。河流此刻如果正在沉睡，船行的阻力会比白天大。如果河睡着了，便是巨人的睡眠，从它肩膀后背走过都不会吵醒它。船开得很慢，虽然我不知它有多慢，却能听到鱼儿跳出水面的“扑刺”声，鱼表示有一点点不耐烦。开过山区的航道后，两岸又有新的灯火，它们早早就对我们的船眨眼睛，眨的频率很快，快到岸边时，看到屋舍前长着高大的棕榈树，船行时树木遮住了灯光，如眨眼。我数了数，两岸的灯火数量不一般多，跟路灯不一样。灯火在两岸对视，均含情脉脉。白昼里太阳普照大地，谁也注意不到河边的房子里有一盏灯，它在夜里成了主角，在夜色、河流和山峦里，它们最明亮。

夜空栽满闪电的树林

闪电是上帝的胡须，我们终于有机会见到上帝的侧面肖像。相信上帝的人才怀疑过上帝的存在。契诃夫一辈子都在怀疑上帝。他的父亲对上帝过度信仰，契诃夫在打骂和唱诗中度过了悲惨的童年。契诃夫看到俄罗斯农民在信仰中愚昧地活着，没有人也没有神灵帮助过他们。巴斯德是微生物学的创始人之一，发明了疫苗，他总结一生的科学研究，结论是上帝存在。

被闪电照亮的地面如又发生了地震，看得清草的颤抖。闪电下，河流的浪头比白天更多，如同石块倾泻。

闪电更像一棵树，它的根须和树干竟然是金子做的。当雷雨越来越浓时，天空栽满了闪电的树林。一瞬间长出一棵。雷雨夜，天上有一片金树林。

草被闪电照得睁不开眼睛，手里接的雨水全洒在袖子上。草刹那间看到自己的衣衫变成了白色。秋天还没到，闪电收走身上的绿色。草想象不出自己明天变成一身素衣。

闪电照亮山峰的面孔。山沉睡的时候脸上柔和，崖上的松枝有如乱发。山睡了之后，一堆堆灌木向上潜行。山在闪电里醒来，看清了云的裂缝。云被沉雷震裂，如黑釉的大碗分成两半。

闪电之下，河岸的树林比河水走得更快。明天出现在河岸的树将是陌生的树。人并不认识每一棵树，就像不认识每一只羊，每一只甲虫和蚂蚁。河岸的树趁着夜色奔向了远方，走得相当远。我在贝加尔湖左岸见到一株斑驳的杨树，像我老家的树，摸一下更像。我问它，你到过赤峰北河套吗？树飒飒然，在风中吐露一串话，如布里亚特口音的蒙古语。我看它周围的树，觉得这是个移民部落，阜新的、朝鲜的、甚至有一棵树来自布加勒斯特。闪电照亮奔袭的树林。树停不下脚步，前呼后拥，枝叶牵携，脚下溅出泥浆。

闪电是天的烙铁。我老家早先把熨斗叫烙铁，其实它们是两种东西。在马的臀部做记号的是烙铁，而非蒸汽熨斗。天的烙铁把云烫得大叫，叫声传出十八里。天为什么在云上做记号呢？怕云跑丢了或云犯了罪？天的事只有天知道，富兰克林用铜线风筝把闪电招下来，差点被电死。

闪电是天送给地的焰火，让人间娇滴滴的，化学药剂的带图案的焰火显出可笑。闪电是力量，所有力量都带有野蛮特征而不是表演性。闪电多么美，瞬间照亮一切瞬间，收回自己的光，让夜空继续深厚。闪电让夜里的生物清晰。蓬松的泥土里藏着白色的虫卵，松针比松鼠尾巴更蓬松。

闪电是一条站立的火的河流，它不会是上帝的胡须。这条河流分成许多干流和支流，从雷流出，回到雷里。

闪电像夜空突然醒来。

夜　雾

夜雾让夜更像水墨画而不是油画。我印象里面，雾是早晨的客人，像小鸟和露水都是早上的客人一样。夜雾晚上不睡觉，它们找不到睡觉的地方。山谷被核桃树占领了。核桃的青皮上的刺让雾不舒服。是的，雾怕刮蹭，你可以把雾看成没缝被面的棉胎。棉胎被风的鼓风机吹大膨胀却找不到变回棉胎的办法，只好随风飘荡，不明就里的人名之为雾，那就雾吧。

雾在河面徜徉。雾的想法是用一条比羊毛衫还薄的雾被单把河盖上，一是怕鱼着凉，二是让河睡一觉。古往今来，没听说河睡觉，就像没听过心脏睡觉。如果雾让河睡着了，便可申请吉尼斯世界纪录。睡觉的河水不再有波浪，连小小的涟漪也止息。雾的薄被单盖在它的身上，河反而觉得身上更凉，但生出睡意。河从降生那天起就开始奔流，它的童年叫作小溪，而比小溪更小的胚胎期是一溜从石缝流下的雨水。雨水汇入小溪，小溪又遇见了其他的小溪。它们匆匆流向低洼处。溪水占满低洼处后外溢，寻找更低的地方停留。低处对水来说意味着长久、存留、安详，因卑下而圆满，相当于人类憧憬高处。无论在哪一个地方，更低处都是河道。溪水在河道汇合，被命名为河。它们最初来自不同的山，不同的云彩。化为雨水洒在不同的树上。如果溪水给自己起名，它不知叫什么名字好。如果把山名、树名、石头名都串联在一起，就会变成“威廉·伯纳德·珀尔·阿德莱德·帕德里特”等等，比英王的封号还要漫长。万千溪水进了河里就只有一个名字：河。就像成吉思汗统一各个部落之后就叫蒙古。八百多年过去，蒙古的名字没被改变，没被分割，没被取代。语言具备超过物质的价值，如蒙古。

河的名字还连着一个字——流，河和流生长在一起，就像无数溪流生长在一起，无法分割。河流一直在流，带着一肚子鱼虾，带着各地的土壤和方言。站在岸上看河流，它争先恐后，事实上它想停也停不下来，就像被裹挟到马拉松起跑方阵里的选手，只好跑下去。后面的水推着前面的水，新水渗入旧水的骨骼和血液里难分彼此，只有跑下去，跑到名为大海的水的平原中。

河在夜雾的笼罩下睡意蒙眬，河流睡一下未尝不可，如此良夜，东山魁夷。写到这里，我忽然想起东山魁夷画的北欧的夜，如香水一般静谧。如果雪花可以提炼出一种香型的话，尽在东山魁夷的画里散发。那是冰雪的气息，清甜，如一个纯洁者的体香。她经受了江河沐浴，大自然赋予她复合的，精微的无味之味，一如夜河的气味。夜的河在白雾的抚慰下酣然入眠，鱼虾亦尽眠。河从此知道睡眠是一件美好的事情。有一位年迈的哲学家被问及一生最美好的事情。提问者以为哲学家会回答结婚，当教授，买车买房，得奖或主持公平正义等豪迈的话题。哲学家答：此生最好的事情是睡眠，提问者再问：那活着与死亡有什么区别呢？哲学家想了半天说：不知道，这个问题放到下辈子考虑。在睡眠里，河流的面容在月色下极为柔和，如婴儿在睡梦中的面容。风吹过岸边的青草，竟无声音。星星踩着更矮的星星下来看河流睡觉的样子。

月光洒在大地，地面呈现两种白色。洒在泥土上的奶白的月色仿佛给土地覆盖一层膜，黎明时由晨光启封。落在雾上的月光呈现锡白色。月亮仿佛嫌雾的颗粒不够密集，在雾的缝隙灌注了月光，二者合一，分不清雾与月亮哪一样更白。河流停止流动之后，雾在大地奔涌泛滥，雾成了空中和地上的河。雾把山的裸露的峭岩包上纱巾，绕山铺一层白莲花的底座。雾冲进树林，淹没了所有的树。树的梢头向夜空呼救。雾在所有的土地铺上白毡子，比哈萨克人的毡房还要白。昆虫和蛇察觉到这条毡子的湿润，以为自己进了澡堂子里面。在这样的夜里，夜色不好意思太黑，天空几乎露出蓝意，星星露出金意。白雾在夜里仍然是白的，它把山峦一座座分开，使之圆润，座座山峰都有白雾的莲花座。刚才说过河流已被夜雾哄睡了，树林在雾中露出一半枝叶，草土的露珠不再闪光，草叶早被雾气吞没。只有月亮高高在上，欣赏着大地的一切，雾改变了一切，让大地黑白分明，简洁有力。月亮认为所谓艺术不过如此而已。

村庄里

白银的水罐

井是村庄的珠宝罐。井里不光藏着水，还藏一片锅盖大的星空和动荡的月亮。

井的石壁认识村庄的每一只水桶。桶撞在石头的帮上，像用肩膀撞一个童年的伙伴，“叮——当”，洋铁皮水桶上的坑凹是它们的年轮。

那些远方的人，见到炊烟像见到村庄的胡子，而叫作村庄的地方必定有一口井，更富庶的地方还有一条河，井的周围是人住的房子。在黑夜，房子像一群熊在看守井。没人偷井，假如井被偷走了，房子就会塌。

井为村庄积攒一汪水，在十尺之下，不算多，也不少。十尺之下的井里总有这么多水，灌溉了爷爷和孙子。人饮水，水进入人的血管，在身体上下流淌，血少了再从井里挑回来。村里的人有一种类似的相貌，这实为井的表情。

井用环形石头围拢水。水不多也不少，在清朝就这么多，现在还这么多。村里人喝走了成千上万吨的水，水不增不减，不垢不净。多少人喝够了井水翘胡子走了，降生面貌陌生的孩子来喝井里的水。井安然，不喜不忧，在日光下只露出半个脸——井只露半个脸，另半个被井帮挡着——轻摇缓动。井里没有船，井水怎么会不断摇动？这说明井水是活的，在井里辗转。在月光下睡不着觉，井水有空就动一动。

村民每家都有财宝罐，都不大，放在隐秘的地方——箱子、墙夹层甚至猪圈里。而全村的财宝罐只有这口井，它是白银的水罐，是传说中越吃越有的神话。水井安了全村的心。

水井看不到朝暾浮于东山梁，早霞烧烂了山顶的灌木却烧不进井里。太阳和井水相遇是在正午时光，它和水相视，互道珍重。入夜，井用水筛子把星斗筛一遍，每天都筛一遍，前半夜筛大星，后半夜筛小星，天亮前筛那些模模糊糊的碎星。井水在锅盖大的地方看全了星座，人马座、白羊座，都没超过一口井的尺寸。

井暗喜，月亮每月之圆，是为井口而圆。最圆的月亮只是想盖在井上，金黄的圆饼刚好当井盖，但月亮一直盖不准，天太高了。倘若盖不准，白瞎了这么白嫩的一个月亮。太阳圆、月亮圆、谷粒圆、高粱米圆，大凡自然之物都圆。河床的曲线、鸟飞的弧线，自然的轨迹都圆。人做事不圆，世道用困顿迫使他圆。圆的神秘还在井口，人从这一个圆里汲水，水桶也圆。人做事倾向于方，喜欢转折顿挫，以方为正。大自然无所谓正与不正，只有迂回流畅。自然没有对错、是非、好坏。道法自然如法一口井，大也不大，小也不小，不盈不竭，甘于卑下。

大姑娘、小媳妇是井台的风景。大姑娘挑水走，人看不见水桶，只见她腰肢。女人的细腰随小白手摆动，扁担颤颤悠悠。井边是信息集散地，冒人间烟火，有巧笑倩兮美目盼，孩子们围着井奔跑。村里人没有宗教信仰，井几乎成了他们的教堂。但没人在井边忏悔，井也代表不了上帝宽恕人的罪孽。但井里有水，水洁尘去污，与小米相逢化作米汤，井水可煎药除病。井一无所有，只有水。一方水土养一方人，水说的是井与河流，土是耕地。对树和庄稼来说，井是镶在大地的钻石。鸟不知井里有什么，但见人一桶一桶舀出水来，以为奇迹。春天，井水漂浮桃花瓣。入井私奔的桃花，让幽深的水遭遇了爱情。花瓣经受了井水的凉，冰肌玉骨啊。从井里看天，天圆而蓝，云彩只有一朵。天阴也只阴一小块，下雨只下一小片。井里好，石头层层叠叠护卫这口井，井是一个城。

井是白银的水罐，井水变成人的血水。井无水，村庄就无炊烟、无喧哗、无小孩与鸡犬乱窜。庄稼也要仰仗井，井水让庄稼变成粮食。人不离乡，是舍不得这口井。家能搬，井搬不了。井太沉，十挂马车拉不走一口井，井是乡土沉静的风景。

扁　担

扁担站在门后。

我小时候的门还分两扇，像中式的衣襟一样，双手分开才进屋。难怪如今偏瘫的人多了，门都成了单扇。推开双扇门，一扇挡着锅台（有人在挨锅台的地方搭鸡窝，门挡了鸡窝），另一扇门挡的是扁担和水桶。扁担藏在门后，不是扁担做了见不得人的事，扁担除了挑水没别的任务。它不能放炕上，不能放桌上，放别的地方碍事，就放门后合适。再讲，扁担不仅是一段扁木，两端还挂着铁环铁钩，很啰唆。

扁担的好处可以分两方面说，它的木头坚而韧，负重又有弹性。大水桶单只可盛三四十斤水，一副七八十斤，扁担挑起来上下颤但不断。没听说谁家挑水把扁担挑断的，那比走道挨一个晴天霹雳还丢人。颤，说扁担的弹性，没弹性它就不叫扁担。为什么没人扛一根铁棍挑水？没弹性又添了分量。好扁担的弹性让挑水人借到力，一步一颤，两只水桶像乌纱帽翅一样上下颤动。挑水人在每一步的行进中享受三分之一秒的小轻快。我小时候，挑水的都是小孩，大人在造反或挨斗。挑起扁担来，水桶刚刚离地。大桶沉啊，疼得肩膀受不了。那个时代鲜有高个，都被水桶压矬了，姚明、巴特尔肯定不是挑水出身。好扁担挑这么重的水桶还能上下颤动，木头不是一般的好。有人骨折后在腿里镶了三条钢板，弹性赶不上扁担好。好扁担还有一点文艺性，即花纹好。把一段方木头削成扁圆，两头尖，中间厚，这就是扁担——看过扁担的人可以不读上边这段话——花纹像鹅卵石的图案一样，环环相扣的扁圆，年轮在木质里显出横竖茬，也是阴阳茬，深浅相隔。扁担也分长幼，新扁担如新兵一样光鲜，白而直，老扁担颜色像水桶一般黑。再老的扁担就弯了，弹性都没了，相当于老得不像话，不仅要退休，还会当成劈柴烧火。身为扁担，一定要直，就像钢针、筷子都要直一样，弯了等于下岗。弯扁担的弯头朝上不行，水桶往中间溜。弯头朝下，水桶就触地了。但没见过谁家烧老扁担，连扁担都烧，太没有人情味了。扁担是硬木，榆木柳木柞木，一般劈不开。

扁担创造别样的美，可惜今天见不到。说的是大姑娘用扁担挑水，一手搭在扁担上，屁股在后面扭，腰肢最惹火，比芭蕾舞美多了。人们并不知，少女肩上担起三四十斤分量，才显出腰臀的美妙。另一只手在身边儿甩，增加美妙。女人，从前面看不公平，有丑有俊。从后面看全公平了，腰跟屁股都差不多。它们用苗条挺翘而不是五官创造美，其美不比五官差。这么说女人八成不爱听，但男人都爱听。大姑娘在街上走，人所看到的腰臀之美只是冰山浮出海面八分之一，身无重物，腰扭不起来。细腰是静态美和局部美，扭腰是动态美和全局美。腰若一扭，风情四射，一般人都受不了。但人家大姑娘凭什么为你扭腰？你是秦始皇呀？这时候，扁担下凡，助成其美在人间。沉重的水桶压在肩上，女人力量不足，借助髋关节的大幅摆动借力，腰如摆柳，屁股似两个葫芦左右转。这时候，姑娘甩起的手指尖、挺直的脖颈，都有不一样的美。而梳大辫子的姑娘，两个红头绳随辫子在屁股上晃，像蝴蝶飞。此美胜过时装表演，现在没了，因为扁担没了，水井没了，自来水消灭了这些美。为了看到美，男人让自己老婆在家里挑水，也不像话。

然而这一类的好看是别人眼里看到的，担扁担的人肩上只有痛苦。我当知识青年的时候，挑八十斤的水桶浇树，走一公里。我十七岁，挑不动。重担集中在扁担那么宽的肉上，痛得难忍。起初走几步一歇，再十几步歇、几十步歇、走百步歇一歇。头一天挑水下来，右肩肿起拳头大一个包，晚上睡觉，轻轻一摸都火烧火燎。第二天，这水还要挑，慢慢地，肩膀生出茧子。再后来，肩膀那块肉没感觉了，摸一下像摸别人，手感类似槐树皮。此际，挑水肩不疼了，步子也迈大了，以在肩膀上创造一块死肉为代价。那时想，若于上古，我被其他部落掠去吃肉，生番吃到我肩膀这块肉时，可能会硌掉一颗牙。他们百般研究争论却不知此为何肉。我当然知道谜底——死肉，扁担制造，但不会告诉这帮愚昧的土人。想到这里，我每每咧开嘴乐一下。死肉也有死肉的用处，天下没一样东西无用。如果非要找出一件没有用的事，那就是上大学。在中国上大学是白白浪费钱，白白浪费青春。像钱早就贬值，各种商品都出假货一样，大学早已堕落得比过去的中专水平还低下。它连续四年让人买假的教育，念出来却无处就业。皇帝新衣里面最大的那件，就叫大学。

过去我见到扁担就害怕，现在见不到此物了，女人也显得不那么美了。减肥比不上扁担压出的美。以不担水这件事而论，我觉得生活很幸福。到风景区，还能见到挑砖瓦水泥的人，扁担是他们的谋生工具。人靠肩膀能挣多少钱？况且要上山下山，跟受刑没啥区别。他们肩上的死肉不知死多少年了。不光肩膀，他们的身上，甚至脸上的肉都像死肉，只有眼睛凸出来，盼你让他挑点东西。他们的肉不叫软组织、不叫肌肉筋腱，叫藤、树、根，他们从人类进化为物类或另一种人类。

马　灯

那年我到坝后，干什么去已经忘了，但脑子里挂记着那盏马灯。我们住在大车店的一铺大炕上，睡二十多人，都是马车夫。白天，我和主车夫老杜套上我们的马车，拉东西。把东西从这个地方拉到那个地方，好像拉过羊圈里的粪。那羊圈真是世上最好的羊圈，起出二十多厘米厚的羊粪，下面还有粪，黑羊粪蛋子一层一层地偷偷发酵，甚至发烫，像一片一片的毡子，我简直爱不释手，并沉醉于羊粪发酵发出的奇特气味中。晚上，我们住大车店。

大车店没拉电、客房挂一盏马灯，马厩挂一盏马灯。晚上，车夫们掰脚丫子，亮肚子，讲猥亵笑话。马灯的光芒没等照到车夫脸上就缩在半空中，他们的脸埋在黑暗中，但露着白牙。不刷牙的车夫，这时也被马灯照出洁白的牙齿。苇子编的炕席已经黄了，炕席的窟窿里露出炕的黑土。肮脏的看不出颜色的被褥全在马灯的光晕之外。房梁上，悬挂着一尺左右，像暖瓶一样的马灯。灯的玻璃罩里面的灯芯燃烧煤油。花生米大小的火苗发出刺目的白光，马灯周围融洽一团橘黄的光芒，仿佛它是个放射黄光的灯。马灯的玻璃罩像电吹风的风筒，罩子四周是交叉的铁丝护具。装煤油的铁盒是灯的底座，可装二两油。

蛾子在屋顶缭绕，它们靠近灯，但灯罩喷出的热气流把它们拒之灯外。不久，车夫们响起鼾声，这声音好像是故意发出的极为奇怪的声音。你让一位清醒的人打鼾，他发不出梦境里的声音，他忘记了梦中的发声方法。有人像唱呼麦一样同时发出二三个声音，有低音、泛音和琶音，有许多休止符使之断断续续。有人在豪放地呼出噜之后，吸气却有纤细的弱音，好像他嗓子里勒着一根欲断的琴弦，而且是琵琶的弦，仿佛弹出最后一响就断了，但始终没断。打呼噜的人大都张着嘴，但闭着眼。他们张嘴的样子如同渴望被解救出来。我半夜解手回屋，背手踱步，在马灯的光亮下观察过这些打鼾的车夫，洞开的嘴还可以寓意失望、吃惊和无知。他们是够无知的，把这个村的羊粪拉到另一个村的地里。其实，我看到那个村也有羊圈。那时候，农村里的一切都归公社所有，拉哪个羊圈的粪都一样。就像一家人，把这个碗里的饭拨到那个碗里一样。车夫们睡姿奇特，如果在他们脸上和身上喷上一些道具血，这就是个大屠杀现场或二十先烈就义图。有人仰卧，此乃胸口中弹，有人趴着，背后中弹。有人侧卧并保留攀登的姿势，证明他气绝最晚，想从死人堆爬出去报信但没成功。

即使不解手，我也希望半夜醒来到外面看看夜景。夏夜的风带着故乡性，它从虫鸣、树林、河面吹来，昆虫在夜里大摇大摆地爬，爬一会儿，抬头看看天上的星星。月亮瘫痪在一堆云的烂棉花套子里。我看到夜越深，天色越清亮。接壤黑黝黝的土地的天际发白。可见“天黑”一词不准，天在夜里不算黑，有星星互相照亮，是地黑了。被树林和草叶遮盖的地更黑，这正是昆虫和动物盼望的情景。在黑黑的土地上，它们瞪着亮晶晶的眼睛彼此大笑。夜风裹着庄稼、青草和树林里腐殖质的散发的气味，既潮湿、又丰富。我回屋，见马厩里的马灯照着马。木马槽好像成了黑石槽，离马灯最近那匹马大张着眼睛往夜色里看。灯亮照亮它狭长的半面脸颊，光晕在它鼻梁上铺了一条平直的路。马在夜色里看到了什么？风吹了一夜却没有吹淡夜色。那些踉跄着接连村庄的星星就像马灯。喝醉了的大车店老板手拎马灯，如同拎一瓶酒。他走两步路，站下想一想，打一个嗝。青蛙拼命喊叫，告诉他回家的路，但他听不懂。夏夜，马灯是村庄开放的花，彻夜不熄。马灯的提梁使它像一个壶，但没有茶水，只有光明。马灯聚合了半工业化社会的制作工艺，在电到来之前，它是有性格，有故事的照明体，它是移来移去的火，是用玻璃罩子防风的火苗之灯。它比蜡烛更接近工业化，但很快又变成了文物。马灯照过的模糊的房间，现在被电灯照得一览无余，上厕所也不必出门了。

针

像母亲领着孩子的手，穿过厚厚的云层。对往昔的追念，让人凝视那些斑驳的岁月，让往事像花朵一样开放，使我们看到静置在老日子最下面那些东西，包括母亲手里的针。

针拿在母亲的手里，当母亲把目光转过来的时候，是关于“家”的最贴切的油画构图。妈妈目光柔和，拿针的时候，她的面庞和姿态告诉人，什么是宁静安详。当母亲专注于膝上一件衣衫的连缀时，把这个画面和其他专注的事情相比：医生专注于伤口，账房先生专注于算盘，士兵专注于瞄准。让人觉得天下最为柔顺善良的人，莫过于母亲了。

针在家里是最小的什物，因此母亲藏针的时候最为认真，不是珍贵，而在它太容易丢失了。这一枚光滑尖锐的利器，却丝毫没用兵刃的悍意。它在刀剪的家族里，也是一个女人，身后总带着索拉。那些绵绵的白线，被它缝在被子，包括膝盖的补丁上。像一串洁白的、小小的足印。在家的王国里，针线与棉花布匹生活在一起，一起述说关于夜、体温和火炕的话语。这些话被水洗过，被阳光晒过。阳光和水的语言被远行的孩子带到了异乡。

我回想下乡和结婚的前一夜，母亲都在灯下缝被子。我想起，那些棉被是早已缝好的，她又是拿出来，加密针脚。加密针脚并没有特殊的用途，谁都不会盖坏一床被。但母亲所能做的只是这些了。在命运面前，她并不能做什么。儿子虽然是自己的，但仍要被命运之手领走，领到远方。母亲的语言与针线的语言一样，绵绵密密但素朴无声。当孩子远行，当柔软的棉被和线一起到达的时候，母亲的手里只剩下一根孤零零的针。

妈妈把它小心收起来，放在炕席下面，或别在布包上，针尖向里。其实儿子大了，已不在身边，已经不用担心他淘气耍，刺破手尖。

现在年轻的家庭，恐怕已经找不到针了。城里没有针，没人缝补旧衣。年轻的母亲孩子准备的是成摞的买来的衣服。在城里，和针一起失去的，还有朴素的诗意和许多难忘的场景。

门

如果说，摇篮是童年的象征，一杯热茶是温暖的象征，启动的车窗上握紧的手是友情的象征，家的象征，是——门。

门的朴素的脸上，写着我们的寄托、欢喜和庇护。在心底抹不去的记忆里面，清晰地记得门的表情。

当受了委屈的孩子，从外边跑回家，双手刚刚拍到门上时，便开始大哭。在这里，门划分了“他们”和“我们”。从门开始，生活呈现的是另外的世界。

儿童初窥世事的时候，用肩膀倚在自家的门上往外张望。仿佛那边是海，这边是岸。

在暗夜里回家，推开门，先看到母亲在油灯下抬起的脸，她咬断缝衣的线，从锅里端出温热的饭菜。后来，我想到母亲时，白发、端碗的浮筋的手，和门上木纹的肌理叠印在一起，在乡愁的心海上幻化。

靠在家的门上，可以痛哭；可以蹲在它的脚下，以指尖蘸唾沫翻小人书；可以用粉笔在上面画线，看自己长了多高。推开门之后，传来“吱呀”的回应，这是家的歌声。站在门边上，如同站在父兄的脚下。

“文革”中，父亲被拘押。母亲“办班”，每天深夜返回。那时，我和姐姐常常夜深了还不敢睡觉，在被窝里等待敲门声。轻轻地拍门的声音，使我们在无数夜晚一跃而起，抢着给妈妈开门。那时候，开门就有妈妈。

有一年，我们全家从“五七干校”返回。使我眼湿的，是看到了我家的门。它淳厚，蓝漆里面隐约透出地图似的木纹，像老友一般蔼然。我感到，对家的渴念，包括秘密与惊喜，都包含在见到门的最初一眼里面。

离家远行时，回首，目光流连的地方包括家里那扇门。我们从外面所能看到的家，只有门。

如果回家，阔别之后的柔情会在抚到门的那一刻激发。拍一拍它，心里蓄足期待。门的后面，包括门，是我们的家。

墙

命运选择那些土垒在一起，堆为泥墙。它们的躯体就是它们的肩膀，它们没有四肢，只有肩膀。

泥土肩扛自己的兄弟，对垒雨、对垒北风、对垒最强大的敌人——时间。风拿这些土已经没什么办法，它们是墙。

北方有望不尽的墙，它们是院子的边界，是房的框架。灰白色的墙被风刮走了皱纹，墙是村庄最老的老人，是家的外壳。

我去过的一些遗址，如辽上京、准格尔汗国故城，那里一无所有，却留存着当年的墙。所谓断壁残垣说的也是墙。人早没了，繁花胜景没了、屋顶没了，却有墙。它们是一些低矮、毫不起眼、凸起于地面的泥土屏障，但非土丘，而是墙。在好多遗址，砖垒和石垒的城垣瓦解了，砖石没了踪影。土墙依旧在，长在大地里，土与地的联系比砖石更紧密。

我觉得墙上长着眼睛，没有一堵墙不在向外看、向里看。荒野上的人远远看见一处院落时，院墙和屋子的墙早就看到了你，就像藏在草丛里的动物早就看见在道路上行走的人。墙的眼睛细长，它在风里眯惯了眼睛。它打量过往羊群、骆驼队、独狼和流浪的人。墙认识自己的家人，它虽然不能动，却想像狗一样扑过去，围着家人转上几个圈儿。

房子上有墙的眼睛，看人度过几辈子。墙看到孩子在炕上翻滚成大人，看他们在炕上拉屎撒尿，吃饭喝粥，娶妻生子，数钱吃肉，然后卧病蹬腿。墙看到的人是炕上的动物，像人看羊圈里的羊。墙看人在土屋里高兴、流泪、讲理和不讲理，看见人在欲望里轮回，既相信真理又依赖愚昧。房子不过是四堵墙，用木头和泥巴做屋顶挡住夜空和雨水。开窗射进光线，开门出入家人。人垒起这四堵墙就不愿意拆掉，墙窒碍了人的脑子。他们把好东西搬进来，把钱放在炕席底下。垒墙的人不如住帐篷的人自由。帐篷的墙是毯子和布的帐幔，在风中鼓动。墙僵硬，墙与时光死磕到底，墙被人扒了屋顶和窗户还是墙。墙的土一旦当上墙就再也长不出庄稼，开不出花朵，吸收不了水分，不再与季候一道度过立春、雨水、惊蛰与清明。墙年纪轻轻就成了老人，墙只会站立，墙做的事情是阻挡。

墙是一堵干燥的泥巴所宣示的领地，墙里墙外裁定财产与情感的归属。墙怎么能建立一个家？人的心念从这堵干燥的泥中穿来穿去，干燥的泥没办法让人心安稳。墙让流动变成静止，让目光停留在土上。人年轻时都有过拆墙的念头，年老了都想把墙加高。墙是人所需要的泥土的皮肤，人待在自己家里，穿着墙的皮肤入眠。人一方面盼望自己的思想如水一般自由流动，另一方面筑立更多的墙把自己与他人分开。仰视一座摩天高楼，想不出楼里有多少堵墙。人们在一堵堵墙里悲欢离合。人的终身伴侣是什么？不是人，而是墙。人类最早广泛应用的发明是墙而非其他。

乡村的墙头是鸟儿和小猫的乐园。小猫在墙头袅袅行走，俯瞰下界，不让君王。鸟儿成排站立墙头创造风景。我尤怜惜那些墙头的青草，命运让它们在这里生存，得到最少的雨水，迎接更多的风。墙头草觉得自己是勇敢的卫士，为主人看家护院。青草从来匍匐于地，而墙头草高出地面五尺。人把墙头草当作坏词使用完全是强词夺理，草随风势伏堰乃自然之道，怎么是机会主义？用自然现象比附人是语言的通病。

信息时代拆除了什么？它在拆一切墙。有人看到了他平时看不到东西，有人暴露了他不想暴露的东西。墙不仅是疆域领地，墙还是等级和智愚的分野。人弄不清自己脑子里有多少堵墙，人一边拆脑子里的旧墙一边建新墙。在许多情形下，墙就是强，强权强大与强势。东欧旧政权解体后，人们推倒柏林墙绝不仅仅是一个象征。互联网是人类历史上最大的拆墙手，它把墙的强大化为粉末。失去墙即失去阻隔也失去庇护。墙是立于眼前的四壁，墙将永久存在，它是伟大的分类法，是秩序与安全岛，墙是囚禁，墙是红杏的梯子。

碗

碗的事也不是小事。以前上别人家吃饭——吃馆子是这几年的事，八十年代末期，人们才普遍下馆子，然而这是说我老家——吃饭的人来到别人家，居于席前，先看碟子碗。看啥？家境荣枯，盘盏系于一半。细瓷为好，细瓷而又成套的碗，表明日子过得已经发达。

飨饭多在正月。互相请，真个是人人为我、我为人人，互济会。在风和日丽的正月，谁家大白天不晃晃悠悠踱入一大帮食客，用上海话讲是“没面子”。这帮人穿着呢子大衣，穿风衣，戴礼帽，戴人造毛的水獭皮帽，过本命年的人从裤脚和皮鞋间露出鲜红的袜子。他们高声问候，四邻俱知。主人惊喜地出来迎接，其实相互见过八百遍了。但这是过年，是请客。“客”字在吾乡读“且”，上声。“且”们带着一肚子关于这顿酒菜的美好构思，晃晃悠悠进院。入门，夸赞主人家里干净，对过年新添的摆设表示惊讶，说说入席。

入席，筷子碗都摆上来，“叮当”清脆入耳。一盘子鸡，一盘子鱼，一盘子扣肉。上述为“硬”菜。其余的，为表丰盛，其格式如“×炒×”，即肉炒芹菜炒白菜炒角瓜炒黄瓜炒白果炒柿子炒菠菜炒咸菜炒辣椒炒豆角炒韭菜炒疙瘩白，前边的肉炒后面各类蔬菜。满满一桌子，丰盛，毕竟过年了。这景象让“且”高兴。菜在过年的主要功能是观瞻，谁没吃过菜？这些日子吃都吃不动了。但，菜少了不行，不热情，甚至不吉利。不富裕就是不吉利，炒这炒那证明富裕着呢。

整两拳？

整两拳吧。“且”们问答。

拳不是泰拳与太极拳，更不是猴拳，乃酒戏。把食指、中指、无名指在“×炒×”的上方伸缩弯曲，口报数码，输者笑嘻嘻地喝下，再划。碗们，在桌上仪表堂堂。即便不是新碗，也被女主人用碱水洗得干干净净。沿儿有两道蓝杠的粗碗、描画富贵花卉的细瓷碗，更富的人家里，碗绘金边儿，即如今微波炉禁止使用的那种。在席上，你看吧，盘拱鸡鸭，碗中清虚。一看，盘子是为碗服务的。碗上担一双筷子，尊贵。这家人无论怎么忙乎，切菜、剖鱼、下饺子，都是为了进入这个碗。再往大了说，人辛苦一年，为的是碗里要啥有啥。

碗舀日子。端起了碗，就得让日子过下去。多难也得过，啥空也不能让碗空了。你看这小碗，一下一下，盛走了多少光阴岁月，掏尽了多少座尖尖的粮仓。人回家，端起碗说的是家常话、老实话，向家人吐露。碗在装了那么多粮食之后，也装了不少的话。有碗，就有绵绵不断的生活。对我来说，用不惯自助餐的金属托盘，也不爱用方便饭盒。我就爱端碗，左手端起碗，右手攥一双筷子，心里踏踏实实。这情景是人一天中最好看的姿态之一。

擀面杖

用擀面杖擀牙膏皮的时代过去了。

擀牙膏皮是为了节俭，用手捏挤不净的牙膏残余，用擀面杖在案上一滚之后，牙膏皮挤板整了，余膏全聚集于前。这时，把牙膏皮折成三叠，继续使用。

擀面杖是北方人擀面条和包饺子用的，多用枣木制成，有长短两种。贩子们将其他杂木制成的擀面杖漆红油，也谎称“是枣木的”。有人还用擀面杖打孩子，但擀面杖只是他们追赶时握在手里的一种威权，并不能下手。在乡下，打孩子较好的工具是鞋底子，既痛又不致残，往屁股上拍。当坐在炕头上的父亲怒上心来，咬紧牙根啐骂：“我操——你个……”的时候，已经动手脱下一只鞋，当他最后骂出“妈”字时，那鞋已“啪”地落在孩子腚蛋子上，孩子身体向后一弓，仰面“哇”地嚎起来。

“文革”中看电影，观毛泽东接见非洲一带的外宾。乡下人用烟袋锅子点划银幕上的外宾：“那家伙腋下夹的什么玩意？擀面杖？”

寡闻。哪有那么细的擀面杖，说高粱秸还差不多。

在那个年代，用擀面杖擀牙膏的仍是少数人，因为在那个地方多数人都不刷牙。想刷牙而企图更节省的，就用牙粉。没有钱但真正懂得卫生常识的人，用盐水刷牙。

我小时候刷牙，以为这只是为了牙齿洁白好看，所以只扫前面的大板牙。把后槽牙刷了，人家也看不到，岂不可惜。乡人说："你看人家猫狗从不刷牙，牙照样白。"猫狗的牙的确雪白无比，且无龋齿，狼也是这样。它们是食肉性动物，无牙垢。咱们杂食，尤其常喝玉米面粥，不刷哪儿能行。

鞋

很久没见一边走路一边磕鞋的人。

除非在乡村大路。高高的杨树如用鸭蛋青绸子裹住躯干，在薄薄的蓝天下，点染静谧的繁华。

道是走不完的。乡间的行者不像城里人双手插在兜里，他们手里要拿一样东西：锄头、锹、一篮鸡蛋。这些东西无论在肩上肘弯手里，总催人快行。

说不准哪时，有人站下，扶树，脱下一只鞋磕土，甩出土来，勾着脚，手掌托鞋，平端眼前，看里面有没有土。

钻进鞋克郎里的，是新鲜湿润的活土。这人贪图近道从麦地里走过，从蝴蝶翻飞的菜地走过。暄软、被太阳晒得洋洋得意的土，钻进鞋子，给他洗脚，跟脚趾捉迷藏玩儿。土香，有肌有肉，不像死土——城里随风旋走的浮尘。乡村的土在鞋克郎里被踩成泥箔，这是磕鞋的人眼里看到的，裂成片儿，磕出鞋外，洒在砂石的乡村大道上。鸟儿在树上盯着这些土片惊讶：土怎么上这儿来啦？而行路人的身影远了，和庄稼融混一遭。

磕土的鞋不会是皮鞋，也没有阿迪达斯。家做的，由母亲或嫂子一锥子一线纳出来的鞋，才会钻入黄土。她们用锥子在鞋底钻眼儿，是一个女人所用的最大力气。在乡村，你看哪家针线笸箩里的锥子把不像白金一样闪闪发光。麻绳穿过鞋底的时候，以手拽，用牙咬。就此，鞋底子写满了密密麻麻的字。这些麻的字，闪着棕白色的光，最终伏在庄稼人的脚底板下。你说庄稼人怎能不风雨如仪？这是亲人给你挂的一副掌。

旧时的游子远行，行囊只有斜系在背的一双新鞋。脚下一双，背上一双，天涯就这么走了过来。睡觉前，珍惜地脱鞋，对合枕在头下进梦。梦里有蝈蝈声、蛐蛐声、公鸡打鸣与柴火毕剥声以及老母亲没有拢住的那绺白发。

养蜂人

当城里人为夏夜的溽热辗转反侧时，养蜂人早在星月之下的窝棚里盖着被子入睡了。风把露水的凉气收入山谷，三伏之夜，凉可砭骨。在城里所谓桑拿天的早晨，养蜂人于黎明仍然披一件薄棉袄。人多的地方发热的是人，人少的地方清凉来自草木。

早晨的白雾退去，茂密的苜蓿草里露出蜂箱的队列，褐色的木头被露水打湿。蜜蜂等待阳光照亮山野之后才飞出箱子，露水打湿了花蕊，蜜蜂下不了脚。露水干了，太阳把花晒出了蜜香。

养蜂人戴着网眼护帘的斗笠，开始放蜂、取蜜、换蜂蜡，蜜蜂成团飞在空中。齐白石画蜂以清水晕染蜂翅，每每说“纸上有声”。对蜜蜂小小的体积而言，它发出的噪声相当大，跟小电风扇差不多。嗡嗡之声和科萨科夫——李姆斯基的《野蜂飞舞》并无二致，野蜂的翅鸣更大。

养蜂人穿的衣服并不比麦田稻草人身上的衣服更讲究，比草木的颜色都暗淡。在山野里，劳动者比草木谦逊。山野是草木的家，人只是路过者。没人比养蜂人更沉默，语言所包含的精致、激昂、伪诈、幽默、恶毒和优美在养蜂人这都没有了，语言仅仅是他思考的工具，话都让蜜蜂的翅膀给说完了。

养蜂人从河里汲水，在煤油炉上煮挂面，没电视。我一直想知道十年不看电视的人是什么样子，他们的心智澄明。电视里面即使是最庄重、最刻意典雅的节目，也是造作的产物。电视对一切都在模拟，不仅新闻在模拟，连真诚也是模拟和练习的产物。而养蜂人一生都围着蜂转，心中只想着一个字：蜜。

天天想蜜的人生活很苦。他们被露水打湿裤脚，在山野度过幽居的一生。他们知道月上东山的模样，见过狼和狐狸的脚印，扎破了手指用土止血，脚丫缝里全是泥土。他们熟悉荞麦地的白花，熟悉枣树的花，熟悉青草和玉米高粱的味道。他们身旁都有一条忠诚的老狗；他们把一本字小页厚的武侠书连看好几年；他们赚的钱从邮局飞回老家；他们不懂流行中的一切时尚；他们用清风洗面，用阳光和月色交替护理皮肤；他们一辈子心里都安静；他们所做的一切是换来蜜蜂酿的、对人类健康有益的蜂蜜。

媒体说，几乎所有的蜂蜜都是假的，用白糖和陈大米加化学添加剂熬制而成。

可是蜜呢？蜜去了哪里？没人回答这个问题。

乡　村

“乡村里仓房的大门打开了，准备好一切 \\ 收获时候的干草载上了缓缓拖曳着的大车 \\ 明澈的阳光，照耀在交相映衬的银灰色和绿色上 \\ 满抱满抱的干草被堆在下陷的草堆上”

这是瓦尔特·惠特曼的诗（楚图南译），每次读到这里，我都急于披衣穿鞋，到门口去迎这样一辆大车。

乡村的丰饶与芳草，被这样一辆大车满载着，摇摇晃晃而来。所有的譬喻，在这儿都可以成为现实，节日、早晨、露水、星星、父兄、故乡，它们都是可以“满抱满抱”的，不会使喜欢这些词语的人失望。

我是一个在城里长大的人，但无比喜欢乡村。我常常为别人指我为“一个在乡下长大的人”而感到宽慰，仿佛又呼吸到了干草的甜蜜的香气，头上曾经顶过无数的星星。

我认识一些人，在乡村长大却急于批评乡村。他们为贫穷而可耻，为自己童年没有上过幼儿园而羞愧，贫穷固然可耻，但光着脚在田野里奔跑，不比在狗屁幼儿园更益智更快乐吗？在乡下的河边，双脚踩在像镜子一样平滑的泥上，十趾用力，河泥像牙膏一样从趾缝清凉细腻涌出，岂不比在幼儿园背着手念“b、p、m、f”更高级吗？

乡村可以改变人生。我惊异于两年的知青生活对我的颠覆性改变。这样的改变在开始并没有显示出来，随着年龄的增长，“乡村”像一个次第发布指令的基因程序一样，越来越使我为一个标准的文本。从照片上看，我的身态骨架，包括表情都像一个北方的农民，好像手里已经习惯拿着镰刀或赶车的鞭子。而坚忍、吃苦、好胃口以及顽固的幽默，也由乡村深深地浸入我的骨子里，这使我在今天无论遭遇怎样蹇促，还都能够忍下去，并保持明净的心境。我感谢乡村接纳了我这个孩子。

有人认为知青怀想乡村是一种矫情，是贵族式的浅薄地歌颂田园风光以装点无聊的生活。对我来说并非如此。我不知道是否每一个知青都在内心默想过乡村的土地。对知青来说，苦役无异于噩梦。我在乡村经历过的生理上的苦楚，到今天仍然是唯一的。在夏日正午近四十度的高温下耪地，人变成了一个刚刚能呼吸、能机械移动的动物，脑子里一片空白。而冬季的寒风可以把人脸冻得用手一碰就是一道血口子。然而我还是怀念乡村。当我在电视里看到农人到粮站排队卖粮的表情，我同时忆起了粮站周围庄稼发出的气息，那是叶子宽大的玉米的气息，比草多一些甜味，比河流又多出一些土气。在夜里，在蛙鸣和蛐蛐的歌唱中，这些气味会和落日、马粪与炊烟融合在一起，变成令人难忘的甜蜜而忧伤的印象，久存心底。

农人言语简净，一语多头，透着十足的幽默和狡黠。使人感到宽调中的曲迂，如飨享村民的宴筵一样。你感到他们的语言中具有永远学习不尽的丰富隽永，意味深长。听他们说话，像走在乡村大道上，像一路览阅草尖上的露珠、高粱穗玛瑙般的密集、白杨树的朴素和渠水的清凉一样。

乡村无尽，只有上帝能够创造乡村，而人类创造了城市。虽然蛰居城市多年，我始终没有闻到乡村早晨、中午、晚上和夜里的气味，闻不到乌米、烤马铃薯、井水的味道。而我下乡那个大队米面加工厂那头小毛驴发出的亲切的喷嚏声，也是近二十年来我在人群当中从来没有听到过的。

石屋是山峰的羊群

山巅的夜色比平地薄，也许离星星近，夜被银河的光稀释了。脚下的石板仍清晰，缝隙像墨勾的线。树上的柿子深灰色，灌木如国画堆起来的焦墨，石板路留白，斜着通往上面的屋舍。太行山白天黑夜都像水墨。阳光下，危崖千丈是皴法，大笔皴出石壁和悬松。入夜，山村如晕染，纸上留了更多的水分。石屋石墙的棱角显出柔和轮廓，这是淡墨一遍一遍染的，树用焦墨拉一下就可以了。我在下石壕村转悠时脑子想这些话，好像我是个画家。然而我不懂绘画，借国画技法状眼前所见，说个意思。

夜空上，星星大又亮，一部分星星被山峰挡住。走几步路，星星从山后冒出来，它们好像在旋转。这么大的星星如白锡做的铃铛，本该挂在天马脖子上，如今藏在了太行山的身后。我暗想，即使最小的一个星星掉下来，落在山上，也会“叮叮当当”响一晚上。

坐在木墩远望，天黑什么都看不清了。山峦刚才在红和蓝的天幕下凸现轮廓，眼下色彩尽了，山退隐。仅存一点光线时，雾（实为云海）从山谷汹涌地挤过来，挤进村显得薄了，赶不上蒸馒头大锅的白气密集。雾待一会跑了，可能嫌村里太静。村里的石屋构造朴拙，一排房子在山的衬托下显得小，只是人手堆起的一处居所，山是老人。石屋如同山峰放牧的一群白羊。

村民从我身边走过去，去村口的大石亭。石亭能装十桌人吃饭，四面见山，亮着红灯笼。山村静久了，多亮一盏灯、多一个人大声说话，就添了热闹，何况石亭亮起十几盏灯笼，红纱官灯。从身边走过的是妇女和老人，这个村和中国所有村庄一样失去了年轻人，他们离开土地去了水泥地，遭长途颠簸和出租房的罪，赚现金。中国没那么多耕地让他们耕种。灯光下，妇女和老人站在家门口向外张望，越显出房屋院落的寥落。村里大部分儿童去山下学校读书。东奔西跑的精灵不在家，村里更静了。石亭的红灯笼一亮，村民的心活了，来看热闹。

夜色浓重，看山不是山，是深浅不同的墨色。头上一条小路是石片垒起的，七八米高，石片中间钻出树，直径超过五十厘米，拐弯向上长。有的人家窗下横挂着木梯，这里家家离不开梯子，不是上山是上房，晒柿子、花椒和玉米。木梯子被风吹雨打变成白色。墙上标语隐约可辨，有一条是“生女也是接班人”，另外一条“女儿也传种”。这两条标语说的都对，尤其后一条。人种都从女人那里传过来的，没别的途径。

“呜哇哇——”音乐响起来，自石亭那边。这个音乐是CD放的，类似大型文艺晚会的开始曲。我想下面该出主持人了。果然，一个女声用央视春晚的声调说：“各位领导、各位来客、女士们、先生们，大家晚上好！”

我一边往那边赶，一边在心里给她续下边的词：“中央电视台平顺分台下石壕支台春节晚会现在开始！首先宣读海外华人和驻外使领馆的贺电……”但大喇叭里的女孩子说的是另一番话：“九月太行，是丰收的季节，苍山披翠，大地金黄……”很有文采嘛。我趋近石亭，见亭里坐几桌游客，服务员化舞台妆，穿性感纱裙往上端煮鸡蛋、烤马铃薯、炖鸡和柚子大的白面馒头。端烤马铃薯还用化戏妆吗？服务员眼角画进鬓里，如花旦一般。后来知道，她们是演员，兼服务员。

主持晚会的姑娘个子不高，没化妆，像城里人。她流畅地把太行山的人文地理介绍了一遍，宣布演出开始。服务员如仙女般手转扇子跳起舞来，伴奏带是央视经常放的大歌。仙女跳完，主持人又把吃的东西介绍一遍，是一些在其他地方吃不到的山货，诸如鹅卵石炒鸡蛋，清蒸南瓜苗，酱伴花椒嫩芽。仙女们换了另一身衣服，再跳舞。刚才是水红色短衣短褂跳扇子舞；现在是白裙搭青罗条，跳贵妃舞。主持人再上来，说：“哪位嘉宾唱歌？”一位游客大咧咧上来，用闽南话唱“敢拼才会赢”和普通话的“天路”。仙女们换短打扮，唱上党梆子。

这家伙，小山村热闹啦，音响师用最大音量放音，唯恐群山听不到。村民们都来了，安静地站在石亭下面观看。他们全神贯注，表情十分满意。这时候你就知道文艺的重要，它是心灵上的银铃铛，有人摇一摇，心里才满意。演出很快结束了（节目少），音箱发出深情的“难忘今宵”。主持人用央视的口风说：“难忘今宵，难忘太行，星光为我们指路，友谊是最美的琼浆。”音箱转放苏格兰民歌——“友谊地久天长”。

村民对主持人的文雅词语很满意，有人说话他们就满意，都是吉利话。苏格兰乐曲在太行山巅回荡，我问主持人是哪里人、演员来自何方？主持人告诉我，她是大学生村官，担任村主任，服务员和演员都是这里的大学生村官。这些女孩子来自长治、潞城、太原，她们在这里服务几年，可以留下，也可以考公务员，给加分。她们有警校生、矿院生和师范生。问年龄都是十九二十岁，刚刚来这里。我才来，已觉得雄浑的大山需要她们的漂亮衣服和容貌，这些活泼的小村官让太行山感受到了青春的感染力。

雾散了，树叶滴水

凌晨醒来，是因为屋里进了雾。昨晚睡觉我敞着门，听雨声，让雨制造的“负氧离子”进屋来，这东西的催眠作用比酒精厉害。

我住的这个石屋位于太行山百丈悬崖上面的下石壕村，坐车穿行凿崖公路几十里尔后到达，辖属山西省平顺县。

山村奇静，我不知这里为什么没公鸡。村里的劳动力都下山打工去了，公鸡也下山了吗？日月升降无声，白雾来去也无声，这里只有雨声。昨夜有雨，敞门入睡如同听到一场雨在太行山顶的音乐会。其实雨也无声，人听不到雨丝划过空气的声音。耳边是雨敲击柿子树叶与核桃树叶的“唰唰”声，前一拨雨才落脚，后一拨雨又来了，雨水从屋檐滴在青石板上响声清脆。我仔细听其他“乐器”的奏鸣——雨打在倒扣的木盆上，滴在窗户的塑料布上，洒在菠菜叶上混成交响，落在门口的沙子里无声。

入睡后，一觉醒来窗棂微微泛白，我先回忆这是哪儿。每次出门睡醒时先回忆自己到了哪儿，也有回忆不起来的，起身到窗边向外看看才知道身在何处，在德国就是这样。看外边，雨停了，屋里进了雾，怪不得被子泛潮。床边的雾约有半尺，遮住了鞋，但床头柜的衣服还叠在那里。我大喜，吾榻拥云，有成仙迹象了。欲拍照——我躺床上，床下雾气缭绕，证明成仙并非自吹，照片在这儿——但我独宿，没人给我拍，可见成仙真不是容易事。洗完冷水浴，穿衣出屋，步入雾的世界。雾横着飘，一块块有锅盖或棉被大，相互牵扯，悬地二尺半，照顾你看清脚下的石板路。

在村里走，迎面来人从雾里现身，如有扛刀的坏人来到，近前三五米从雾里出现，人想跑也来不及了。这里没坏人，都是好人，他们朴讷醇厚。早上吃饭，四五个老乡拿着房客丢失的手机钱包送过来，房客瞪大眼睛感谢，说你们拾金不昧啊。老乡不以为然，他们在心里说，谁的就是谁的。

从雾中淡入的不光有人还有树，树的叶子被雨水洗得发亮。雨早停了，但树叶还滴水。雾的分子在溜光的树叶上待不住，索性化为水打滑梯落到树根下。苹果和枣在雾里现身，它们红的不一样。苹果紫绿相间，枣鲜艳。拇指盖大的枣在白雾里鲜艳，像树上挂的红宝石。

村里的建筑全系石材，石板路和碾子在雨后黝黑反光，三个石碾子并列。到秋天，村妇在碾子旁碾谷说笑，是热闹地方。屋顶的石片白光错落，野草在石缝摇曳。人走在窄窄的石巷，身旁被雨浇黑的石墙垂下桃形的牵牛花叶子，绿得鲜嫩。带绒毛的花蔓依在石头上，如婴儿偎在祖父身边。可惜牵牛还没开花，喇叭花如开放在水淋淋的黑石旁会有多抢眼。人说心想事成，有时会灵验。再走几步，在墙头上见到一只大南瓜，它的橙红，比喇叭花和红灯笼还明亮。南瓜像一百个橘子堆成的果篮，只是外皮有几道绿痕。南瓜摆在这里，仿佛是为了美术的需要，扫去石屋的沧桑气，让雾不显得闷。

往前走，雾散了，或者说雾退到对面的山峰。山峰开始一点点清晰，笔陡的石壁白垩色，峰上存土的地方长出苍松。苍松沉黑，成了悬崖的冠冕。雾越消退越露出壁立千仞，脚下云海仍是见不到底的深谷，太行山更显雄峻超拔。有人说一座山是一处关，太行是万壑千关，只有云海相伴。云海上面藏着一个小山村，牵牛花在石墙上悄悄伸出蔓丝，枣在雾里微红，雨水洗干净石碾沟槽的米糠，树叶缓缓往下滴水……

在水上写字

傍晚，群山在白雾的包拢下退到了远方。刚才下雨，雨不知停还是没停。我的意思是说雨丝和雾汇合了，见不到成串的雨点，但树叶在滴水，雾气越发浓。

这里是山西省平顺县境内的太行山，我在下石壕村。村庄建在峰峦之上，我们坐车经过九曲二十八弯的凿岩山路才来到这座三十八户人家的村子。村名下石壕，像唐代的名字。几年前，有急于上位的领导把下石壕改为岳家寨。领导怕听到“下”这个词，越（岳）胜于下，更胜过下石和下壕。这是官员的迷信，虚妄之心没有不依赖迷信的。山村不大，往四面看都是比肩的山峰，才知自己立于山巅，此处乃太行之巅。

雾气徐徐侵来，缓缓消散，好像被吸进了地里。梨树、枣树从迷茫中渐然清晰，露出肥硕的绿梨和青枣，好像是雾让树孕育了梨枣。有只梨从枝头落在石板上，“啪叽”一声。我第一次听到熟梨落地竟然会“啪叽”，它躺在地上，绽开白果肉。让梨开绽的不是牛顿的万有引力定律，是熟透了，像女儿大了要出嫁，果肉要坐在石板上看四外风景。枣倔，藏在高枝等着竹竿敲打。村里没人打枣，青壮劳力下山打工去了。

雾散了，我像迷路的毛驴一样在山村转。村里没有一瓦一砖，房子和道路全用石条石板造就。看不出房子盖了多少年，斑驳的石头搬来垒屋，依旧斑驳，说房子是明代建的也有人信。青石瓦片在雨后如砚台般细腻，含蕴花纹。一棵槲树直立云霄，树龄越千载，大人无法合抱，树身红铜色，遍布铜钱大的凹痕。村人视此树为守护神，他们的祖先已于唐宋元明清逝去，留下这棵树。此树曾和先人相伴，村人对树露出虔诚的笑容。这个村的街道有如迷宫，在巷里穿来走去，不知谁家挨着谁家。刚看到一个穿红衣的妇女在东边晾花椒，转一下又见她在西侧晾花椒，浑似双胞胎一齐晾花椒。

说话间，雾又来了，房子被童话一般的雾收走，只露出脚下的石板路。不出五分钟，雾又赶路了。一位老汉双手插兜站在一人高的石街上看我，没表情。他身后的房子用红油漆写着“八路军藏金银处”。八路军不光有作战处、政治处，原来还有藏金银处，在山巅。雾又来，再散，我已经走到一个大石亭边上。亭长方形，立八根石柱，似会议室，四壁皆空，可观八面山色。亭子下面有厨房，这里是村里的人民大会堂和国宾馆，开会开招待会用。在这上面吃饭，比菜肴更合口味的是环绕的山色。谁想吃太行山、吃云海、吃星辰月亮就上这来吧——平顺县下石壕村。还有什么吃的我不清楚，还没开饭呢。

再走，过小石桥，见七八岁儿童趴桥上，用树枝点水。我问：“干啥呢？孩子。”他不抬头回答：“练字呢。”

啊？这排场太大了，在一条河上练字。我蹲下，看他用树枝在水面画横、画竖、画撇捺。人说画沙无痕，水痕比沙消失得更快。我说：“你写个太行。”小孩站起来，伸臂写“太行”。我只能说他写了好几层涟漪，看不到字。这时水面金红，这肯定不是小孩写的。抬头看，雾里涌出夕照，红光从黑黝黝的山峰肩膀迸射，洒在河上的只有一小部分。小孩的树枝一笔笔画破了金痕，我抢过小孩手里的树枝，在水上写个“人”又写个“大”。字没留下，树枝挑出一根水草，小孩哈哈大笑。

夕照里，村里的屋顶鲜艳夺目，白石房变成玫瑰红，黑石房有乌龙茶的金绿。一恍惚，觉得这里是仙境吧，我还没修炼已经成仙了？“开戏了！”孩子说。石台上那座方亭子亮起了灯笼，长而圆的宫灯，有演出了。

黄姆村

村子在深山脚下，公路修到这里为止，尽头是一个水库。水库呈元宝形，有一道一百米长的坝。我每天早上到坝上跑步，然后观望。那时是六月，每天早上下细雨，雨丝比蜂蜜拉的丝还细，用黑色的衣服遮挡才看到亮晶晶的雨线。水库似深潭，翡翠一样沉绿，环绕对面的山峰。白色的水鸟张开比身子宽几倍的翅膀飞行，像为水库遮雨。

站在坝上看村里，有十多幢小楼。这里并没因为山清水秀而贫困，村民家家有楼。我问过，小楼连盖带装修都是五十万元以上的标准。这些楼房只在绿树里冒一个尖，村庄藏在树丛里，空气里含着翠绿。村里西面水库，其他三面皆青山，长满翠竹。竹子和松与梅不一样，它长得密密麻麻，山被它们长得连一点站脚之地也没有，远看，篁竹的梢头一团团摇动，似金凤点头。此地形如碧绿的龙首，水面是伸出的龙舌，村庄蹲在舌根。不通风水之人，也看出这是一块吉祥地。

村庄真是小，十分钟可以转一遍，初转时，家犬在各户门口朝我叫喊，转第二遍就有几只犬追随我巡视，我成了队长。说到工业，这个村只有一处碾米厂，一处桶装水厂，不妨碍环境。这里的清幽洁净，不是什么妙手偶得，而是有意为之。因为水库是水源地，村里刻意封山育林，不对外招商，这里是维护得来的世外桃源。

从大坝下来，见一人在菜地里拾掇。也许村里人太少，这人见我主动招呼，第一句竟是“我是杭州人”。他身穿晒白的红球衣，手脚粗大。怕我不信，他又加了一句“我是城里人。在这开了个水厂”。他指指身后。

我说：“你家保安对人大喊大叫不好。”他问：“哪一个？”我说：“穿黄皮草那个。”他抬头思索：“哪个穿黄皮草？”

我跑远了，看他手拄锄头，还在思索“穿黄皮草的保安”。第二天，他大笑，明白我说的是他厂里的大黄狗。

我住在村中的山庄里，朋友李坚在山庄有一处别墅，邀我到这里小住。偌大的山庄有湖、有塔和大佛。庄里只住两三个人，小猫成群窜来窜去。山庄管理员阿勇和小莲给我做饭。早上，见到阿勇拎小筐在竹林挖笋，他身边是此起彼伏的林鸟啼鸣。我爬上小山，闭眼躺在石上听鸟啼，辨识有多少种鸟儿歌唱。一怔，才知自己刚才睡着了。

我对美丽村庄的期待是：一、它要小，十多户人家就好了。不会因为人多而嘈杂。二、它有水。水是村庄的灵魂，正像草地是它的衣服、鲜花是它的笑容一样。三、它有不太高的山，可攀玩宜远望。四、它要静，在这里叫喊的不是集市的人而是小鸟和公鸡。五、植被茂盛、野生胜过手植。六、它有网络信号。七、它具有盗贼不喜欢的地理特征，也就是位于路的尽头。八、民风淳朴。九、虽偏远仍适于跑步。十、进城方便。第十一条我就不列了，因为上述十条在现实中是矛盾的，基本上不存在。把陶渊明的《桃花源记》抄下来当第十一条当然可以，但现实中还是不存在，是幻想。

现实中，我去过占其中一两条、或两三条的村庄。我在这个村庄住了一周，它占全了我想象的美丽村庄的特征，但忘记了村庄的名字。

可是这个村叫什么名字呢？想不起来似乎不仁义。唯一的线索是村里的中巴站牌，上写——黄姥山，这可能是它的村名，也可能不是。

铁匠街的黎明

我住的地方叫阿热亚路，在喀什噶尔的老城区。

现在是北京时间七点，对喀什来说还是黎明。路灯还亮着，像刚刚点燃的蜡烛，衬托宝蓝色的天幕。刚刚醒来的喀什，身上还披着蓝纱巾。

阿热亚路实为一条小巷，经过老城区改造，沿街两侧的房子一派阿拉伯风情。“卡叽”这个词源于印地语，意为干枯的泥土，后转为英语的卡叽布。卡叽就是这里房屋的颜色，比杏白，比牛奶的颜色黄，像新刨出的木板的颜色。这条巷子里尽是这样的房子，高低错落，平房或二层楼房。墙砖像用木块贴上去的，细看是仿木块的工艺砖。

维吾尔人起得很早，他们把清水洒在自己门前。阿热亚路上铁匠铺密集，是“铁匠巴扎”，高鼻深目的铁匠们把自己的产品摆在门口，挂在高处。这里有一尺多高的纯钢折页，这么大的折页只有《一千零一夜》故事里古城堡的大门才用得上。还有成对的黄铜大门环，我把两只手握在铜环上，心想：一握就握住了这么多铜。门环背衬雕花精美，怎样恢宏的人家才佩有这样的门环呢？铁匠露出诧异的眼神，好像没人像我这样攥住门环不松手。我对铁匠和门环分别笑笑，松开手，同时明白，住在农村或古代的人才有可能在两扇大门安上这么好看的东西，我只不过摸一摸。

铁匠铺里摆着许多好东西，让我流连巡视却用不上。这把锋利的斧子上面刻着三朵小花，用不上。圆弯刀，用不上。木柄一米长捞肉铁笊篱，用不上。一个远远离开了土地、森林和村庄的人，用不上真正有用的东西。

看这些东西时，我觉得右脚的鞋动了一下，低头看，一只小鸟在啄我的鞋带，更准确地说，是啄鞋带上的草籽——昨天我刚从莎车县的乡下回来。我如此清晰地看见了这只鸟儿的小蓝脑袋瓜，颈子一伸一缩地啄鞋带。我想把这小鸟用手捧起来，心里说：小鸟，你让我像抱小猫一样抱一下行吗？我把鞋带（连鞋）都送你。我一弯腰，鸟飞走了。但它刚刚啄过我的鞋，我越想越高兴，我默记小鸟的特征——蓝脑瓜，灰下颏，黑翅膀，灰爪子——后来飞了。小鸟飞到西边的街上，西边的人家正捏着塑料管往地上喷清水。十字路口的黑大理石碑刻着金色的隶书字体：坎土曼巴扎。

我悄悄走向小鸟，它不飞，步行躲开。我再追，它又躲开。这不是逗我吗？我和小鸟在街上转圈儿跑。我们俩都不飞，只跑，用绅士的步伐慢跑。我抬头，见到一个维吾尔老人正看我。他眉开眼笑，脸上满是慈祥。我第一次见到小鸟啄人鞋带，老汉可能第一次见到一个人追一只鸟追不上。老人右手放左边胸口，庄重地向我躬身，我赶忙还礼。老汉的胡子如胸前绣的一团银丝，戴一顶墨绿色的花帽，缓缓走了。他的灰风衣长可及地。

小鸟儿站在铁匠铺边（它可能是铁匠雇的护铺的鸟儿），我继续漫游。空气中传来木炭的气味，馕铺开始工作了。我探头往炉子里看，白胖的馕面在炉子里贴了一圈儿，炉子像一个冒香味的宝库。干燥裂纹的柳树根劈成段，垛在炉子旁。一位穿绿长裙，蒙黑头纱的维吾尔少妇走进一家卖手抓饭的店铺。在门口，她和店里的女老板互致问候，行贴颊礼。在喀什，我鲜明感受到维吾尔人的彬彬有礼，这个民族把互相尊重看作是每天的大事。那些弹唱十二木卡姆的民间艺人都彬彬有礼，有歌声，有舞蹈的地方必然通行礼节，它们同是文明之树开出的花。

野鸽子在屋顶上盘旋，一个穿阿凡提长袍的维吾尔老汉赶着毛驴车走过。铁匠在砂轮前蹲着锉折页，火花从他裤裆喷出如礼花。他戴的风镜，是我小时候戴过的——方形，由四块玻璃组成。街东的骡马客栈播放十二木卡姆音乐，民间艺人扯着嗓子演唱，而我钟情音乐里的手鼓声。独特的中亚风情的6/8拍子的节奏，让我跃跃欲试，用鞋跟打节奏，把脚步变成舞步，往前、往右或往后顿挫而行。

我在这条街上走第二个来回的时候，孩子们上学了。天空露出玉石般的青白色，杨树的树干愈发洁净。仔细看，绿色的小桑葚爬在枝条上，桑树的树干像毛驴肚子一样白。

乡村片段

人跟人比，比的是名誉地位。人跟树比比啥？树沉默、天真、甘于卑下。树柔软、坚硬、敢于腐烂而不留一丝痕迹。树把普照大地的阳光保存起来，变为绿叶还给大地。树是青草、昆虫和小鸟的家。树落叶毫不悲伤，第二年把新叶举在头顶。树是水的花园，树永远在生长。

人如果活得像树那样，人人身上都有清香。

幸福？好多年前，没人说这个词。它在心里悄悄藏着，在字典里白白躺着。那些年，幸福这个词软弱，比盆景长得还慢，更不用说开花结果。现在幸福跟人们招手了。可它是什么？是吃的，穿的，是不挨欺负，是高兴，是打麻将光赢不输，是车，是房子，是没完没了的欲望吗？幸福是一辈子拉不完的单子？可能幸福没那么多，可能它是个找也找不到的东西。找吧，每个人的幸福可能都不一样。

海来了。涨潮的时候，海浪一次又一次地往岸上跑，像亲友重逢。在陆地还全是海水的时候，每寸土地都是海的故乡。海里有珍宝、有故事，海连着所有的地方。

人降生的信息，母亲最先知道。人辞世的先兆，医生最先知道。人生的大事，都是自己不知道，别人先知道。

家是啥？千里之外想家想的是什么？土坯抹泥的房子外面，有一张门板的脸。推开门进屋睡觉，敞开门下地干活。门天天迎接你，目送你，大月亮地里，门在外边给人站岗。

门是家的灵魂，人是门的上帝。家里要是少了一口人，门知道吗？

把身子靠在门上，听听岁月讲述的秘密。它像钟表一样滴答作响。

榆树是树里的爷们儿。拧着劲儿长，跟钢筋似的。树这辈子没少遭罪，雷劈电闪、虫咬火烧，那也得活呀。有的树富贵，有的树娇柔。有的树把自己长成了石头，长绿叶的石头。榆树就这样，不开花不结果，春天一把一把地往地下撒钱，叫“榆钱儿”，圆圆的，吃着甜啊！

没见过这么大的雨，“哗——哗——”好比泄洪。哪是雨？这是老天爷的一场事故。人管天，白云散尽；天管人，一锤定音。

药进了肚子，不光到病那儿去。它哪儿都去，全身溜达一遍。病维护自己，药维护主人。它俩斗起来，不知要经过多少回合。

美丽、漂亮、好看，是三词儿，意思一样。克服、忍受、煎熬，三词儿，意思也一样。撤销、迁移、消灭，意思还一样。别看世界上词多，意思就那么儿层。

词儿也有让人疑惑的地方。聪明有时候和奸诈是一个意思，奸诈有时候和愚蠢是一个意思。你看，愚蠢跟聪明又拉上了手，说不明白了。

有守国土的，有守球门的，没听说有舍命守一个村子的人。农民的眼睛里，一辈子就守望几样东西。庄稼是一样儿，村子是一样儿，再就是老婆孩子。村子没了，庄稼上哪儿种去？就像把筋抽走了。农民不是旅游者，他们脚底下有根系，在土里扎着。到了非走不可的时候，已经触犯了他们的尊严。

恨是压在心上的一块铁。心要喘息，要挣扎，逐渐变硬了，像铁一样。

怀恨的人以为报复可以带来幸福，其实幸福从来不和报复在一起。导火索引爆的是炸药，不是鲜花。

男人把爱情想象成一只鸟儿，它是自由与飞翔；女人把爱情想象成鸟巢，它是安全、牢固和温暖。

鸟和鸟巢想到了一块儿，就叫美满。

一层一层的雾，粉红如烟，笼罩山野。山杏的花，手拉手给山坡披上一件嫁娘的新衣。雾散了，山杏探头窥视春天的情形。孩子们要给仙女压轿，孩子们要为鲜花鼓掌。为什么孩子的心里装的都是幸福的事情？没有丑恶，也找不到虚假。

长大了，人所失去的不仅是快乐，更有纯真。纯真走失，虚假升堂，快乐离开了，去寻找纯真的人。

快乐并不是成长的牺牲品。

如果快乐来自内心，是来自纯真。快乐不过是幸福的花朵，纯真才是果实。

人要能重新活一遍，觉着比现在过得好。假如真的从头开始，会什么样呢？下棋的下一千盘，每盘都不重样。人生也往往如此。

肩膀扛过二百斤麻包的人都明白，越是负重，越得直腰，要不连步都迈不开。

直开腰板，肩上的重量就交给大地，人只是一个支柱。弯着腰扛东西，早晚得压成一张饼。碰着啥事儿，人别忘了直腰，“立木顶千斤”啊！

以往干部管农民没什么商量，就像农民种地也没跟庄稼商量。现在商量了，两方面有点儿不得劲儿。没在一边儿高的板凳上坐过呀！商量好，比带领、管理、教育、引导这些词儿仁义。常商量就习惯了。没吃过饺子的人，刚吃饺子也不习惯，看不着肉，说烫嘴。慢慢地，过年都吃饺子了。

雨要是不在春天下，秋天指定下。一年就这么多水，下完就完了。

看一个村子有没有活力，莫过于早上站山顶看家家户户的烟囱。炊烟像丝绵，从各家的烟囱飘出来，把村子包裹得像一口热气腾腾的大锅。炊烟里有柴草的香味儿、小米粥的香味儿，日子回到了太阳下面。城里说的人气，在这儿叫人烟。人到哪儿炊烟到哪儿，拢住这片炊烟的人，当然算得上英雄。

人心能老不？生活了这么些年，心总年轻？人老了，胳膊腿儿，连眉毛胡子都老了。但心老不了，跟年轻人想的事一样。谁要说自己老了，记着，他心可没老。

承诺别轻易说出口，说了就得用一辈子担当。上帝唯独让人说话，是相信人是言而有信的生灵。

承诺落地，就好比鸟开始飞，河开始流，找寻目的地。

大自然都是承诺者，树承诺花，花承诺果，果承诺种子，种子承诺土地，土地承诺春天，春天承诺万物。大自然诚实啊，一草一木都不失信，岁岁枯而岁岁荣。

“克”（kē）在东北话里是顶牛的意思。不是牛跟牛顶，是牛跟老虎顶，非分出个你死我活。人跟人要是“克”上了，必有一场惨烈之战。也难怪，人的基因里都有一点儿兽性的残留物，仇恨培育这些基因壮大，一点点吞噬了人性。

粮食——在农村叫口粮，在城里叫主食，在酿酒厂叫淀粉，在养牛场叫饲料。这么多的叫法儿，说来说去还是粮食好听，特本分。庄稼、碾子、犁杖、水井这些词儿都本分，听着端正。过些年，这些词儿都没了，MP3 了，听说城里人现在不怎么吃主食。粮——食，这个词儿多好。

贼心要是长到好人身上，自己遭罪。它长到坏人身上，别人遭罪。

好人天天防范自己的贼心，跟它斗争，怕它转移成贼胆。坏人嫌乎自己贼心小，发展培育，最后把自己赔进去了。

好人坏人，有时候就是一念之差。念是心念，防心比防毒蛇猛兽都难。

血缘就是个血缘，里边不含政策，也不含知识。血缘不告诉你该做什么，不该做什么。生活给予人的智慧，比血缘给予的多得多。

农村小孩都吃过甜秆儿。玉米秆儿、高粱秆儿，当时没听说过甘蔗。嚼啊、嚼啊，甜水“哗哗”往肚子里咽，嘴跟粉碎机似的吐渣滓。好甜秆儿吃着不光嘴甜，肚子都跟着甜。在庄稼地，听风吹玉米叶子，“唰——啦、唰——啦”，嘴里一个劲儿咽唾沫。想，甜秆儿的甜是从哪儿来的呢？玉米的根像抽水机，把土壤里的糖分抽上来了？土壤里还有糖分，没听说呀？想着想着就傻了。

看了没，这就是群众。“近之则不逊，远之则怨。”群众跟干部的关系，就像骑自行车和开汽车的关系一样，谁都觉得对方可气。车不一样，速度不一样，想法也就不一样。

不过，开汽车的到火车跟前，那也是群众。火车跟飞机比，更群众。飞机跟日月星辰比，算群众都占便宜了。

以后的人，看我们也跟看群众似的，尽管可爱，仍然好笑。在自然和历史面前，大伙儿都是群众。当个好群众吧！

磨刀的一来，猪羊害怕；刺猬一来，长虫害怕。生物链的意思是说谁都得怕点啥。有所怕才有所敬畏，敬畏之后才有珍惜。

如今说爱情、说财富、说享受说得太多，说说友谊吧。

友谊是用血水泡过的麻绳，悬崖上能担得起一条命。

友谊是遥远的恒星，是静静的河流，是没有香气的花朵。友谊在，诚信还会不在吗？怀揣着友谊的人，值得所有的人尊敬。

谁要觉得天特别远、地特别宽、花特别艳，那就是恋爱了。谁要觉得天特别低、地特别窄、花特别蔫，那就失恋了。谁要觉得天不过是天，地不过是地，花不过是花，那就结婚了。谁要觉得天是锅盖，地是水缸，那不是人，是青蛙。青蛙就会说一句话，说了一辈子。

鹤要是一条腿站着，是睡觉呢，两条腿站着就出问题了。人吧，坐着站着躺着、哭着乐着想着，看不出是喜是忧，忧中有喜，或喜中有忧。人是万物之灵，碰上自己的事儿，有时候灵，有时候不灵。

静水深流，心思重的人从外表看不出来。人的肩膀宽不过两尺，可啥都想担。世界上想帮忙的人比忙都多，帮上忙的真没几个。

近朱者赤，近墨者黑，近啥人学啥人。历史其实是人学人的模仿史。可惜人跟自然学到的东西太少了。拿河流来说，遇平则静，遇遏则鸣；逢春开化，入冬结冰，在四季轮回之中走向大海。人也像河流那么忙，忙来忙去究竟要上哪儿去呢？人皆好学，学到的多数是别人的毛病。

啥叫奢侈？人头马对茅台酒，拿鱼翅拌大米饭，让熊猫推碾子，用牡丹花炒天鹅蛋，都比不了朱二这出。拿谷子苗喂羊，奢侈啊，奢侈。

天下的好东西里边，有一样叫针。穿线缝衣，针做的是团结的事儿。在医生手里，针做治病的事儿。针在油灯捻儿上拨一拨，一亮一大片。针挺了不起。

有人管酒叫酒水，酒哪是水？别看液态，那是流动的火焰、瓶装的粮食。酒跟水倒在碗里都像水，人跟人走在街上都是人。外表一样，其实差别挺大。

手啊，就这么一举，代表着民意。人平常用嘴说自己的想法，关键时刻还得靠手。手比嘴权力还大。举与不举，立等裁决。比“锤子剪子布”厉害。看这些手，握镰刀的、和猪食的、烧火的、脱坯的、拔草的，举起来就是一票。现在老百姓的手值钱了，往后得好好珍惜自己的手。

酒要是在瓶子里待着，十年八年没事。它要进了人肚子，啥事儿都出。四大发明咋没算上酒呢？世界七大奇迹里也没提酒，怪事。

有一个猎人跟狼搏斗，枪掉山崖下边了。狼咬他腿，他掏出酒瓶子塞狼嘴里，“咕咚咕咚”全进去了。狼喝上酒，浑身哆嗦，走不了道，盯着猎人哭了，意思是：灌我酒干啥？不如给我一枪呢。都说狼厉害，厉害啥？连酒都喝不了，还是人厉害。

野生的丹顶鹤每年十一月份向南迁飞。卫星定位技术发现，野生丹顶鹤从俄国兴安斯克起飞，抵达向海，然后飞到盘锦的沼泽地。休息三到五天，在唐山以南的海岸休息六到八天，到黄河入海口休息十到二十天。十二月上旬到达盐城的滩涂越冬。迁飞距离 2200 公里，迁飞时间约二十五天，每天平均飞行 80 公里。

歇息地是鹤类迁飞的重要条件。如果没有湿地和生态保护区，鹤无法到达越冬地，遭遇灭绝。

云彩要是树就好了，在山上栽着，一片一片望不到边，又能下雨，还能遮凉。云彩不招虫子。可惜呀，云彩不生根。在天上白白让风刮跑了。

感情这种事儿，跟豆角秧差不多，先出叶子再出蔓儿。豆角蔓儿像蛇信子，绕着架往上缠，缠实了开花，花不大。之后结豆角儿。豆在荚里包着，好像婴儿躺在床里。不立架，不起蔓，豆角儿往哪儿结啊？感情也是，前前后后有个过程才结果。

两口子在一起好比打篮球，往别人筐里投球，自己才得分。好比画肖像，把别人往好看了画才美。专画缺陷，还不如上医院照 CT 呢。两口子的事儿就像电视剧似的，剧本好还得演员好，演员好还得导演好，几好儿轧一好就拍成戏了。不过，电视剧才几十集，人这辈子胜过几万集电视剧，一点一点拍吧。

经常出现在梦境的地方，教你一口方言的地方，赶回去过除夕的地方，每个人都叫得出乳名的地方，喝酒爱醉的地方，少年想出老年想回的地方，童年数过星星的地方，对你知根知底的地方，就是一个人的家乡。

这个村子要是撤了，就像谷糠跟小米分离，光剩下一个名儿。头两年还有人念叨这个名儿，过几年就没人知道了。让历史学家把这个村子写进中国通史里？不可能。树杈从树上掰下来，想安也安不上。

人能回避这个回避那个，但是回避不了血缘。拿树说，这有一棵，那有一棵，在泥土的覆盖之下，根在一块儿连着呢。

生命立起倒计时的牌子，人的价值观就要调整、改变、颠覆，乃至升华。这时候，这个人思维敏锐，目标清晰，行为果敢。他要挑最有价值的事情来做，就像篝火在熄灭之前，蹦出耀眼的火星。

其实，生命给每个人都立了一块倒计时牌，包括刚刚出生的婴儿。只是这块牌子有些遥远，有些模糊。牌子上的数字还没有缩到很少的数字……

有身即有病，有病才有身。病从何来？喜怒哀乐、一惊一乍都可能埋下病根。不是肉身抗不住病，是人心抗不住病。文殊菩萨问：何物是药？善财童子遍访世间，回答：世间无一物不是药。心静是药，善良是药，敬畏天地江河草木是药，谦逊卑下是药，利益大众是药。小孩敬的大礼更是甘露妙药。

人要是掉到“爱”里边，有甜蜜，也有疑心。人恋爱疑心最重。因为爱情太珍贵了，恋爱的人像金匠一样不断测试它的纯度，是百分之九十九点九？还是百分之百。

有人说，真理是从怀疑当中产生出来的。但真爱产生于信任。

候鸟的大脑有一个生物罗盘，即使穿越海洋、沙漠，地面没有参照物时，也不会迷失方向，在繁殖地和越冬地之间，年年穿梭往来。没有方向感，当不了一只鸟。人的方向感不一样，有钱的方向感，没情的方向感；有小的方向感，没有大的方向感。有人一辈子也没有方向感。

仁、义、礼、智、信、忠、孝，说的本是人应有的方向感。

世上不喘气的事物里边，钱是唯一成精的东西，能填山移海，也能逼人上吊。钱也有姓氏，个、十、百、千、万、亿，越往后辈分越大。钱攥在手里，手出汗钱不出汗。钱的故乡不叫村子叫银行。钱像人参娃娃，挖地三尺，人都能把它找到。钱无味道，但走到哪儿都能被人闻出来。钱没有腿脚轮子却云游八方，后面跟一群追赶的人们。

钱在人前成精了，在山川、动物、友谊、信仰面前啥也不是，又回到了纸的位置。

给大伙谋事儿，光靠赤胆忠心不够用，还得有钱。就好比牵着骆驼穿过针眼，针眼是啥？钱。用钱的时候钱不吱声。用错了，钱该说话了。钱说的话，一句顶人一个跟头。

戏演到这块儿，说了不少。乡情、亲情、爱情，可一提到钱，这地方的人立马把眼珠子瞪溜圆。咋回事儿？穷呗！

人有对象就幸福。有对象的人再找幸福，还得上下求索，八方寻觅，像狗熊找蜂蜜窝似的。

说幸福在自己心里，谁也不相信这个话，都上外边找去，以为幸福在一个地方等着自己。

处感情靠咳嗽不行，靠钱也不行。婚恋之事与年龄关系很大。

二十岁谈恋爱是一通长拳，飞拳快腿，麻利又好看。三十岁谈恋爱是八卦掌，一招一式讲究程序。四十岁谈恋爱咋的？太极，前后左右都得照顾到，用意超过用力。

老虎三岁搞对象，丹顶鹤两岁搞对象，老鼠生下来就搞对象。它们明白，这事儿不能往后拖。

燕子不识字，串鸡、雪雀子都不识字。它们不知道地图和文件准备抹去望海屯这个地名，它们年年还要飞回来。小鸟看到破砖烂瓦，那是个什么心情？村里没广播了，老爷们儿和老娘们儿不吵架了，静悄悄的。小鸟儿指定害怕，这一夏天的日子，不知跟谁过去。要是想望海屯的人了，上哪儿找去呢？

村庄的历史比城市还早。建一个村庄，用的是燕口衔泥的辛苦。一根草棍一口泥，慢慢才垒起一个村庄。村庄比城市的钢筋水泥包含更多人的感情。

在城里，高楼大厦之间没有祖先的身影，没有露水，没有鸡鸣犬吠，也捧不到一捧渗透过汗水的泥土。

城里人爱家，农民爱的是自己的村庄。

粮食的神性

拾麦穗

遗留在大地上的珍贵之物不是光线与露珠而是麦穗。收割之后的田野空寂荒凉，麦穗躺在泥土上，如一枚枚徽章闪光。

麦子摆动历来被称为麦浪，如今小小的浪花躺在大地的垄沟里，这朵浪花带着饱满的麦粒和尖锐的麦芒。麦海不知何时退潮，金色的相互碰撞的麦海竟撤离得无声无息。

麦穗是大地留给孩子的礼物。不止一位西方画家画过贫困的妇孺拾麦穗的画作，人们把田野遗留的麦穗与贫与弱联想到一起。麦浪汹涌之际，大地何等丰饶。上天却知道粮食再多也有不能果腹之人，而收麦人无论怎样仔细仍有麦穗遗落在土地上。“余”这个词不仅说一个人的钱财资粮多到用不完，还说老天总让果腹之物有所遗漏，不至于严谨无缺，让麻雀和穷人的肚子里也有一点粮食或者叫热量。

麦穗更愿意回到麦垛还是被遗弃在地里？麦穗知道，没一株麦穗会永远遗弃在田野。这些麦穗更愿意被握在穷人和儿童的手里，麦穗被这些手握得更紧，不会松开。法国巴比松画派画家米勒画过一幅《拾穗者》。画面上，三位身穿粗布衣服、脚上套着木鞋的妇人弯腰拣拾地上的麦穗。她们弯着的腰和伸向土地的手——如向大地祈祷，手里不过是一条麦穗。远处是高高的麦垛和灰暗的天空。米勒在三位妇人身上画满了鲜明的光，面孔却模糊不清，人和大地在一起的时候，人的表情早就让位于大地的表情，人和大地表现得同样谦卑隐忍。罗曼·罗兰说，米勒这幅画中的三位农妇是法国历史上的三女神。米勒的艺术评论人说："她们无异于乞丐，但比坐在宝座上的国王更美丽。"

拾麦穗的农妇是穷人，住在森林里的米勒也是穷人。他城里的朋友给他的儿女带来一些糖果，孩子们兴奋地尖叫，米勒躲到暗处擦眼泪。这个世界上，谁关心遗落在田野里的麦穗？他们是穷人和米勒，是乌鸦和上帝。

麦穗是天空的飞鸟，落在大地上，让穷人领回家。穷人的家里空空荡荡，水在水缸里珍藏着光。穷人家猫狗的颜色更接近于土。穷人家灶膛的火亮了之后，把四周照得更加漆黑。星星后半夜溜进穷人的院子，听一听他们是否有鼾声，风藏在杨树的背后，"哗"地从叶子上跳下。麦穗躺在穷人孩子的筐里朝四外张望，听这家人均匀的呼吸，听老鼠飞快的脚步声，看挂在墙上的农具——犁杖、镰刀和筐。麦穗此刻正躺在筐里。因为拾麦穗，穷人的孩子睡得格外香甜。大地还在他的梦里闪耀秋天的光彩，他真高兴麦子被割走却留下这些麦穗。这些麦穗好像一束束金子，不像土里生长而是天上落下的礼物。麦穗里包裹的不像是麦粒而是秘密，如同麦穗遗留在田地是一个秘密。

拾麦穗的诱惑是弯腰拾起一条，不远处又有一条。土地多么慷慨，让孩子弯腰得到巨大的喜悦。

麦穗在孩子里的梦境里飞翔，如鸟儿在天空织成一张金色的网。然后落下来，落在树上，如绿树所结的金果子。落在河水里跟鱼儿比赛游泳。麦穗更多落在孩子的筐里，落在穷人的屋顶上。在穷孩子的梦里，他的家也有了麦穗编织的屋顶，雨水顺麦芒的尖顶流下来，洒在屋檐下的白鹅的羽毛上。有了这样的梦，孩子们憧憬第二天早上再去地里拾麦穗。最好的年景就是天天可以去地里拣麦穗，垄沟里的麦穗等待孩子已经等待很久了。

大地肃穆，看到拾麦穗的人频频弯腰，农民从春到秋，对土地一步一叩首。麦收之后，他们的孩子接续到地里叩首。割麦子的时候，白云让出了偌大的天空，让蓝照耀金黄，世界上有一种名叫麦子的圣物从地里割下、装车、进场、入仓。地里和村庄隆起高高矮矮的麦垛，金黄成了大地的主调。大地萧疏之后，田野里还有孩子们在拾麦穗，他们如落在田野里的鸟儿，蹦着跳着，大地被这些软乎乎的小脚丫踩过，舒舒服服。

面包的天堂

麦子，像海涛一样翻滚的麦浪凝固在面包里，被凝固的还有早晨的露水和夜晚的月光。所有面包都像哈哈大笑的胖子，如果面包不胖，谁都别想胖了。仅仅在三十年前，胖仍然是一个好词，胖子可以对向他谄媚的瘦子微笑并用鼻子出气。由此上溯三千年，历史上的胖子超不过三千个，胖比娶小老婆更让人羡慕，那时没有全球化。

面包的笑容，如同农民坐地上盘腿喝酒的表情。对麦子来说，成了面包就上了天堂。天堂并不远，需要炉子而不是梯子，谁进了天堂谁香。人的天堂有可能遥不可及。告诉一个人：你的天堂在你的善心里，在有鸟的树林和有蜜蜂折腾的花蕊里。他不信，说你是个骗子。事实上，如果在雪地迎面撞见一轮红日、月夜听到小鸟的梦呓，都算天堂的一个小片段，但人们不信。

麦子相信天堂不远。它们成为面条算是参加工作，当面片是当自由职业者，变成馅饼皮和包子皮是在黑白两道上混，当面包就进了天堂。

每个面包里都有一个天堂，类似教堂更类似于蜂巢，香味灌满楼上楼下所有的房间，圆形屋子里有面粉砌的光滑的墙壁。如果小虫钻进面包，一天啃三遍墙就饱了。

面包的香气从麦子、从炉火里来，但这只是表象。往深里说，面包的香气包含着大地的沉静，弥漫阳光所赐予的格调。这么说好像牵强点儿，其实不牵强。说阳光有气味、有味道，不如说它有格调。晒过的被子有香气，细究它不是香气，是味，它是用嗅觉来品鉴的格调，来自太阳和棉花之间，主体是阳光。面包里也有阳光的格调，源于太阳对麦子的赞许。麦子护生，天地之大德谓之生。人类对香的理解很窄，对香的表述几乎是文盲。香奈儿说她首创的五号香水灵感来自北欧的白夜，这种说法乃是顾左右而言他。一个人说不出东西的本质，就把它支得更远。北欧、卡萨布兰卡、丽江，均适合描述狂乱的想象。说香奈儿五号具有泰山的味道就不浪漫，不浪漫就没人买。泰山属于松柏加褐色大酱的香型。

面包的香味来自大地和光，来自炉火。而火的前身或者是树和煤。燃烧的煤里有光，而煤不过是树的化石。煤在地下藏了亿万斯年仍然储存着阳光，否则它起不了火。玉就不燃烧，玉乃石髓，不挨着太阳。

这就说清了面包为什么笑和大笑、为什么胖。面包看见了钻进麦子里的光和来自炉火的光，这些同学在自己身体里相遇，面包哈哈大笑。阳光遇见了阳光，真巧了。但天堂里没有巧合，巧合只发生于电视剧。天堂不遵从戏剧三一律而恪守因果律。因果的意思是因即果、果即因，循环回转、生生不息。我们在这个叫作面包的天堂里看到了阳光、雨水、土壤、夜色和火的笑容，神让它们互相转换，变成粮食，变成人的身体。实话说，每一粒粮食都是天堂。

馒头酒

搬家之后，我准备吃遍周围的小馆子，非馋，而在摸情况，用领导的话说叫“心中有数”，减少吃的盲目性。

昨天吃到后楼从东数第三家。该馆子连名号都没有。

问：“咋不起个名？”

馆主曰：“嗨，小破饭店，我都懒得开了，起什么名。”沈阳人把吃的场所不论贵贱大小全叫饭店。

“那也得有个名啊。”

“没名你不也进来了吗？”

这是我和老板间的对话。他说话好像抬杠，否。俺们这旮说话就这样，直而亲切。

桌对面来了个老头，从棉袄里边掏出一塑料袋馒头，有七八个，塑料袋内部挂着哈气水珠。老头要了一玻璃杯白酒，在接碟里倒点盐面，蘸馒头吃，小口抿酒。新颖！我想起俄国人用西红柿蘸盐面的事，像幽默表演，但人家很严肃。这个老头眯眼遥视远处，皱纹深得看不见底。这张脸如果打开，皮比别人得多一尺。吃完一个馒头，他又换酱油，蘸馒头吃。依次换醋、胡椒粉。一样是一样，不混淆，吃了四五个馒头，即武大郎说的炊饼，眼睛还看远处。桌上这几样作料用完了，老头把馒头掰开，蘸白酒吃。我也算饮者，红黄白酒，饮过无数，但这回开了眼界。

酒虽好喝，但过嗓子眼那一瞬还是难受。老头把酒吸进馒头在嘴里嚼，这个厉害。我也情不自禁跟着嚼起来，后自我觉察，停止。过一会儿，老头脸红上来，皱纹也开了不少，对我说：

“在吉林，人把蛇叫绣球。”

我怎么没听说把蛇叫绣球的，但没敢问。这老汉样子太豪迈了。

隔几分钟，他又吃了两馒头，说：“蛇咬了拇指，昼夜不停赶到沈阳，正好不到二十四小时。”

我没什么蛇知识，跟老头对不上话，问：“给你要一碗羊杂汤？”

老头上下看我，“下水？那是人吃的吗？”

我正吃这玩意儿，顿觉自卑。左右看别人，还有好几个吃羊杂的，和我一个档次。

老头的馒头与酒俱罄，起身走了。外面正下雪，而我认为遇到了一位老英雄。

悬崖的玉米

十月份去新宾，毗邻行车道有一条正在修的高速路。

高速路真厉害，逢山开道、遇水架桥，难不住它。我目光随它建设步伐往前看：一处山崖被劈开，陡面约十米高，上面站着大队的玉米。玉米站在悬崖的尽头，它前面连人的一只脚都站不下。秋天的玉米，叶子肥卷，深绿里的紫色如笔痕。成熟的玉米棒像它身上斜挎的匣子枪，每株斜插四五个，个个神气。这个土崖楔子形，一侧深沟，另一侧是劈开的道。你看崖上这一群玉米，像听到召唤从四方汇集此地，也如玉米的江水流到这里停下了。它们的叶子带着晚秋的紫，穗流苏老而飘零，真是悲壮。我第一次看到玉米的悲壮，即走投无路绝不退去的决绝。像丘吉尔在英国最危难时刻对国民宣誓：never，never，never，give，up.（绝不，绝不，绝不放弃）日头偏西，余晖把劈开的崖壁刷上鲜艳的黄，玉米的叶子反光，如水碗。一群乌鸦“呱呱”叫着，从玉米头顶上飞过，它们黑色的翅膀分割橙色与水蓝的天幕，像斯密波尔的丙烯画。

风吹来，玉米甩开袍带，甩到彼此的身上。风吹得更大一些，玉米相互靠在一起。在如此明亮的黄昏，夜色正从脚底向上弥漫，玉米们在悬崖的风中拥抱。它们何止通人性，它们就是人们，成百上千，每株玉米都有心肠。

对自然真的不能仔细看，看进去觉得跟人间一模一样。我替玉米们怆楚，为它们被悬崖阻隔而无回路的命运，并觉得崖下有一条江流过才好。江水不必清也不必静，混浊地流淌过去，跟玉米上下呼应。可惜美术家没看到这个场景。

转一圈儿再看崖上的玉米，感到它们勇敢。这是我所看到最勇敢的玉米，好像一群抗战时期的河北农民，顶着日本人的枪口。如果在每株玉米头戴一顶草帽，就成了游击队的整编师，气势可吓跑任何正规军。

多高的山上有多高的水，这话没错。玉米长在高高的崖上，长势那么好，不缺水分。它们站崖上看公路人来车往，不知怎样心情。那时候，觉得做一株悬崖玉米也蛮好，站一个秋天。

玉米之名

袍带缱绻，是玉米中的情人。玉米绿袖长广，期待不识字的农夫俯身写下一些字和念想。隶书、草书、楷书，有关河流、晨昏、露水和山坡的日志。

到了七月，在北方看到了什么？遍地玉米。其实看不清哪一株玉米是什么样子，满目茎叶汪洋。玉米的海由它们的叶子或者说袖子纷拂而成，拥挤澎湃。有一点风，高粱叶子出语“沙沙”，月夜听似“杀杀”。而玉米在风里回身转袖，呼喊深远，像要从夏天传到秋天。风再大，玉米哗然似水泄，不知堤坝开了多大的洞穴。倘若塞尚来到塞上一观，北中国的阳光在玉米身上洒下的是葱绿、墨绿、灰绿和带那么一点紫痕的绿，飘摇不定，晃眼。

玉米海的单位是垅。深秋，站在垅背上的老玉米的根像鸡爪紧攥着土地。人光膀子穿越玉米地，叶子割破肌肤，是被汗水盐分涂抹过的锐痛。

“玉”和“米”，均属汉字里最好的字，合帝王之尊与社稷之本。何米为玉，何谷为金？何石为燧，何玉为璧？命名的时候，先民把手按在这件事物上，加入多少遐想。

在粮食里，玉米的地位粗伧，和高粱相当。在老百姓嘴里，它叫棒子、苞米、苞谷，“玉”不知跑到哪里去了。它的化学属性是淀粉。一位药厂的朋友告诉我，在×吨玉米淀粉中加入×公斤×素，搅和匀了（不匀也无碍）就是人们吃的×片。人们拧开药瓶盖，取出×片丢入嘴里，含水仰脖下咽，我想，他吃了一粒玉米。

玉米一如男人风格的女人。东北老娘们儿中这种类型的不少。虽然姿色招摇，还是很土。玉米生育能力强，抗旱能力强，不曾梦想化为一朵茉莉花。玉米喜群居、喜议论、喜赶集、喜扎堆、喜龇牙、喜锋锐、喜在成熟的种子头顶挂两撇流苏。东北老娘们儿走路噔噔的，屁股蹺蹺的，骂人的时候表情入戏，妩媚倒让人有一点不安。玉米包含着东北女性特质：广阔、连绵、斗争、村、乐观以及易逝的姿容。

玉米叶子向阳的一面光滑，再宽一点就像烟叶了，背后有小绒毛，长在起伏不平的叶面上。无论夏秋，太阳未出之际，露水顺叶子滚入玉米的腋窝，东北话叫“嘎支窝”（满语）。而玉米在初夏长出半尺高时，看着也不幼稚，像小小子早晨出操。它们占的地太多了。东北如此之大，也被玉米占满。像农村丫蛋儿土生土长，都有一个好名。二丫叫李桂兰，三胖叫刘淑芝。桂、兰、芝，何其清芬。东北的苞谷也有一个好名：玉米，何其优雅！

玉米抽穗的时候，肋下掖着像竹笋又像包在被子里的婴儿一样的小玉米，头上吐一穗娇嫩的簪缨，顽童摘下夹在鼻唇间充胡子。玉米在跟旱象和雨水的吵闹中拔节，周身斜插着一个个做了流苏记号的玉米棒。棒上有牙齿一般晶莹的颗粒，等着灌浆，等着秋天，等着农民在场院用两根干透了的玉米棒双手搓绞，米粒“哗哗”流淌。

小米真小

早晨坐在北窗前，翻书、喝茶、看高远的秋空。忽然发现灰漆的窗台上散落一些小米，这必是被窗外的珍珠鸟踢腾出来的。

小米真小，我仔细看了半天也看不清它们的模样。在窗台上，三五十粒小米才占一点地方。拈些小米放在手心里观察，真是很可爱，像小鸡崽绒毛那种黄色，掌一动，它们几乎无重量地跑动着。

小米的样子有点像中国的玉，温润和瑞，半透明，没有火气。我素来不爱吃小米饭，因为小时候吃得太多了。跟大米相比，我认为结论是不容置疑的，小米不好吃。因为常听到“延安的小米”云云，它便有了一些革命党人的气质，使我不敢腹诽。

除去革命形势不论，北方干旱地带的农民只有吃小米。像我这样侥幸生在城里（虽然是小城）的人，吃过大米白面，才排斥小米。小米在农民口中，只有饱与不饱之分，没有味道好与不好之别。

现在想，小米饭除了在嘴里不太滑溜，吾乡人称之为“柴”，也没什么不好的味道。其味也如玉的性质，得乎中庸。一种朴素气实际也是大家气，能养活亿万斯民的味道，不可能是卓尔不群的海参鲍鱼之味，大约就是像小米这样没什么味道的味道。

从古文化遗址看，小米还是农耕文明中最早的产物，有“祖宗”一辈的地位。恕我唐突一句，小米历经商砵周鼎之后还是这么小？在此物纷繁吃法百般的今天，也还这么小？它真是历沧海桑田了。这种悠远，使它定型于永久，不想改变也顺应万变了。

古人将小米称为“粟”，好听，典雅威重，登堂入室不妨。“粱”在汉以前也指小米品种之一。现在植物学家和山地农民都称其为“谷子”，也好听。一种东西，以同一称谓流行官民之口，通行南北之间，是难事。除非它是极有来历之物，如谷子。玉米这玩意，东北叫苞米，贵州叫苞谷，翻译小说中矫情写为玉蜀黍。名出百端，是因为它出身浅。至于饼干、克力架乃至曲奇，出身更浅。子曰：必也正名乎。其实大象之物，无须正名，海在哪里都叫海。谷子也是这样，走到哪里一说：谷子。小米说的是脱壳的谷子，这名朴实得无法剥去华饰，也无法分割。小——米，就是它。

得道了，小米，可以致广大而尽精微。

小米的优良还在不酿酒，虽然古书上说它能酿酒。但现时无人酿纯小米酒。谷物正道是养人，旁门才酿酒。此事小米不为也。粮食里玉米个头最大，如兵卒，常被碾碎。其次高粱，美艳而粗粝，其豪气化杯中物。大米是城里娘们，阴柔绵软。麦子乃正房发妻，温良和顺。小米为王，不温不火，静观万物，以小制大，是中国的王。至于鸡鸭鱼肉、熊掌牛鞭，则是幕僚门客侠人暗娼，一顿而已矣，两三顿而已矣，转瞬荣华奄忽泔水缸内。它们哪里有小米的安详宁静。

我的梦想中曾有园圃之愿，譬如种点菜和向日葵，现在修正，加几垄谷子。秋天，碾好的小米用簸箕飞泻装入白市布口袋，我像农人一样竖掌插入米中，像一把让它顺拳眼泄流，黄澄澄如细砂的小米摩挲着掌心流下，再抓一把，让它流。嘴里学农民的口吻说，啧！多实成。心里想，操，小米咋就这么小呢？这时，手与眼同时享受着一种比较开阔的喜悦，与天地关联起来。若是高兴，我可能扛半袋子小米，送给城里亲戚。

在德国熬小米粥

起先我不爱吃小米，怪其不圆滑香糯，柴。我媳妇爱小米粥无数年，诱我食之。我食而上套，觉出其好。小米粥之好如良善人与你肚肠对话，说的都是贴心话。这种粮食极尽朴素而后香，大香无味。而颜色温润，是有来历不张扬的君子思路。

赴德前怕行李重，踟蹰再三，带一小袋小米。我经过北京的、法兰克福的、斯图加特的奔波，脑子被各种信息搅得彻底乱套。入住房间，觉得先要做一件事。想了半天，是撒尿，一撒了之。又想，小米粥？对头。房间里厨具齐全，用亮晶晶的德国钢锅熬小米粥。拿米袋，一看乐了，上印："龙凤之乡翁牛特"，这是我老家的小米。

为什么乐呢？看到"翁牛特"，脑子里出现老家的口音，跟德语一点不一样，小米跟这几天吃过的面包汽斯也不一样。窗外的德国森林跟建筑与小米更不配套。熬出小米的香味，混入收音机播放的交响乐中，更可乐。我对"咕咕"冒泡的小米说，你们是翁牛特第一批赴德粮食，为两国传统深厚友谊做出卓越贡献，贡献若何，少顷由我肚肠验收。

喝小米粥，想起杨远新。他是我好友，我俩友好二十多年。去年杨赴翁牛特担任旗委书记。我对他说，你升官，我发财，我要搜刮点好东西。远新说：我们不发达地区没啥好东西，最贵重的玉龙在国家博物馆呢，牛羊和树没法送你，只有杂粮。我说来点小米、荞面吧！收到啦，翁牛特的小米粒更小。别的小米煮粥，单位体积五千粒，它可达一万粒。米多，营养就多，这是我发明的说法。它的米色黄中微绿，玉色。味香，香的不嚣张，贴近心地。在这儿喝过，我觉得灵魂（姑且这么说）某处某螺丝和这里的扣“啪哒”合上了。

后几天，我让翁牛特小米与德国同行们开展联谊活动，增进互信和相互了解。小米和德国之 Bulgur 同煮，和 Seitenbacher 煮，我也不知这是啥米。产生新味，像洋泾浜德语。乱整吧，你们进肚子之后打擂吧，如“德中同行”项目的主题——灵感与创新。为了省时，我在小米粥里卧德国“行走中的鸡的蛋”，卧香肠片，还卧什么呢？收音机不能卧，还卧过德国胡萝卜、卷心菜。我不讲什么口味，跑步消耗大，一句德语听不懂消耗也大，营养够就行了。食物到了肚子，只是多糖纤维素蛋白质，搞吧，只是有点糟践小米的美味。隔三天，我还要吃一锅纯小米粥，否则灵魂那个螺丝和扣不“啪哒”。

有一回，把空锅放在刚关的电磁炉上，锅底遇热变色。损坏德国公物如何是好？各种擦法均不奏效，后用黑妹牙膏擦之，明亮如新。这么新的锅底让我高兴得忘了刷洗，煮小米粥，出薄荷味，我以为是幻嗅。一吃，确是牙膏之味。怎么办？粥舍不得丢掉，吃了。有人说“上帝关上一扇门，一定打开另一扇窗”。那么，上帝让我吃有牙膏味的翁牛特小米粥的好处是什么呢？想了半天才知道，另一扇窗是不用刷牙了。

大　米

万物当中，如果不算人，又美又有用的是米。

大米在稻谷时期已经很美，稻穗带出黄金的色彩，如金箔包颗粒。谷化为米，特别在煮熟之后，大米展示出白玉一般、珍珠一般的温润雪白。有的东西煮熟之后离原来面目相距十万八千七百里，如酱肘子，与在猪身上不可同日而语。什么角瓜、西红柿熟了都变了样子。稻变米，煮熟之后金变玉，了不得。

大米熟了比生米更美，它身上每一部分都像棉花一样开花了。我们吃的大米饭实为大米花，此花糯软、晶莹、隆松。面对一碗大米饭，不吃，看上三分钟，一定生出赞美心，其色泽可与任何珠宝相比，三五成团。倘若米粒孤零零落在桌上，人也想把它收起来。

我想，人的种种好，比如聪明智慧美貌，其实都是粮食的好。人买家具爱问材料，紫檀的、花梨的，材料决定成败。人是什么材料的？虽是肉的骨的筋的，其实还是粮食蔬菜肉蛋奶提供的原材料。如果有人请教我：你是什么材料的？我恭敬回答：大米的。

人闭上眼睛想一想，大米——这么好的东西，洁净、雪白、清香的东西进了人的肚子，人能不好吗？能不聪明善良吗？好好吃，吃一辈子，这人肯定长寿。反过来说，人吃了大米之后，还打架、骂人，实在是不应该。这话是我替大米说的，大米愿意进好人肚子。

科学的讲，大米不过是淀粉、碳水化合物。我觉得科学家对这个事还没研究清楚。它除了化学性、多糖的分子结构，其精神性还没有弄清楚。大米是阴性的，跟水、银白的云彩是一伙的。高贵的品质让它散发香味，同时不妖冶袭人。这个香只有味蕾知道。我还想一件事，大米喜聚合，喜众来众往，因此吃饭在碗里留一个饭粒实在不应该。静心看一碗矗成尖堆的大米饭时，看来看去，觉得它们有笑容，浅淡、喜悦的笑容。

人习惯用钱买那些别人没有的东西自珍，曰收藏。我看天下的好东西都在眼皮底下，大米就是一种。吃一辈子大米，看一辈子大米，福气已经够大了，用不着再收藏什么古里古怪的东西了。

豆　子

豆子是从娘肚子蹦出来的果实。娘胎虽好，但豆子在里边待不住了。它急躁，等不得像土豆那样被人从地里挖出来，或者像玉米那样被掰下来。豆子是谷物里的孙大圣，自己蹦到世界上。

豆子降生比人省事。人降生要住医院，当娘的哭天喊地，回肠九曲把孩儿生出来。光自己生不了，还要有医生帮着生，差一点就要命。人为此生而哭泣，豆子不哭。它天生一副圆脸，来到世上为欢乐，欢乐即在地上打滚儿，豆子乐观。

不乐观的谷物做不成豆浆、豆腐和豆皮。豆子——无论它叫大豆、黄豆、黑豆、红豆，都逗人乐。雪白的豆腐捧在人的手里颤颤巍巍，为什么会这样呢？豆子在豆腐里乐呢。像有人不出声地笑，肩膀颤抖，和豆腐的颤动一模一样。豆子没想到它会变成整齐的方块，跟白玉没什么区别了。豆子听人在叫豆腐的时候说：松软啊、滑腻啊、可口啊、营养啊。豆子又颤巍巍笑起来，这都是谁发明的词？人类的嘴不光会吃，还会说。

豆子喜欢大地，最爱黑龙江的大地。别的地方的地只不过是地，而黑龙江的地是大地。坐一宿火车，天亮的时分窗外还是大豆的田地，大吧？广阔的地方让豆子性格豪放。把豆子放进铁锅里炒，豆子怎么样？它会跳起来骂娘。栗子、牛肉、羊肉、山药这些货，谁也没从铁锅里蹦过高，更没有“啪，啪”地叫骂。豆子不明白为什么把几百个豆子放进铁锅里一起炒，这简直是犯罪。不服从是豆子的天性，像苏珊·桑塔格说的。它想象自己是子弹，“嗖嗖”飞向目标。人真够坏的，人不光发明了豆腐制作法，还发明了锅盖。盖上锅盖，豆子们在锅里打群架，拳打脚踢，拔枪互射，跟东北土匪差不多。

豆子的婴儿床是豆荚。像浴盆一样的豆荚给每一粒豆子准备了塌陷式的光滑水床。水床的罩子当然也是浑圆的，就像人的眼皮。躺在床里，豆子看到绿色的天空，但没有云彩。豆子终于厌倦了绿色的天空，跳出来看到蓝天、白云和一帮说东北话的农民正在豆子地里打情骂俏。豆子喜欢清亮的渠水，喜欢像火柴棍一般瘦小的青草，它们头上顶一朵，有时是两朵小黄花，这太有意思了。豆子看到云彩从天边倾斜飞行，白云里夹着不怀好意的灰云，豆子以为天要塌了。为豆子从豆荚里跳出来这件事，天也要塌一下吗？云彩如城楼一般飞向远方，豆子看见豆大的雨滴掉下来，不是一滴两滴，简直多不胜数，豆角的叶子“啪啪”敲鼓欢迎。雨滴到地面干什么呢？这都是豆子不明白的事。雨滴汇成溪流，灌满沟渠，豆子昏迷不醒，直至见到太阳。哪一样种子到世上不是惊心动魄？它们的童年比人类童年更有戏剧性。

在豆浆里，豆子看到了自己的白，牛奶也不过如此。它们在雪白的水里抓住其他豆子的小白手。昔日黄金化白雪，豆子们呼吸着豆的腥气。

豆子以其他浑圆活泼赢得人类的好感，人用豆子为人和狗取名，以其小而圆，谓之可爱。豆的营养学定义是植物蛋白。但没人愿意起名叫蛋白，虽然蛋也白，但“豆”字更上口，与逗同音。豆子最逗的一件事就是当年它从娘肚子里蹦出来。

豆子的愿望是与其他豆子们走向远方，在荆棘地长成豆苗，与海边的白卵石结为邻居。豆子勇敢，在“咣当咣当”的列车的车轮轰鸣里，豆子和其他豆子躺在黑暗的麻袋里憧憬远方。它知道每一声“咣当”的下面都是土地，都可以生长青草，乔木与豆子的小苗。豆子后悔自己没长出一双脚，可能它从娘胎里跳出来太早了，还没来得及长出一双脚。豆子有了双脚之后情愿走到松林里，它仰望着高大的松树，在落叶松的松针里造一个房子，看松香怎样变成琥珀。豆子会走到花田旁边停下脚步，看花的露水从双鬓流到腮边，蜜蜂的轰炸机从云层俯冲下来在花朵面前“嗡嗡”哆嗦。豆子要去的地方太多，这些美事把它肚子撑得滚圆，它的豪迈让人类把它称为大豆，这是尊称。制造白面的麦子也不过是小麦，豆子从小就成了大豆。

豆　芽

桑园的草被机器芟过，如剪平头的年轻人，仿佛列队坐在广场上，等待一位大人物演说。最显著的，是它们竟长得一模一样了，原来各式的发式与姿态消失了，显得安静。

在靠近回廊的草地上，长出几棵豆芽，真是可喜。豆芽长在绵密偃伏的杂草间，伸出两瓣叶子，只两瓣，仿佛婴童举起的两只手掌。我第一次认真注意到豆芽的叶，厚而长圆，像裂开的豆瓣。那么就是黄豆在潮而黑的地下待得太闷了，钻出来把身上晾干，然而它们把身体打开就合上了，只好成长。

我不知是谁把豆子遗落在桑园，总之他是可敬的。而豆芽出土的姿态比草更感人，胳膊拢在一起，手掌伸出，对阳光和明亮的世界更虔诚，而不像草那样漫不经心，像树那样世故。当然这种生长姿势在草坪上显得有些矫情了，有表演性，用港台话说是“秀一下”。但为什么不秀呢？这是诞生，虽然是无人理会的诞生，也应该是隆重的。豆芽儿们还很幼稚，当太阳升起来，把昨天露水的寒气都驱走时，它们身上暖洋洋的，便以为太阳是特地为自己升起来的。于是豆芽张开手掌，互相勉励：不要浪费阳光，难道你不知道它是为我们而发出的吗？

它们就这样捧着阳光，怕这些明亮的东西洒出来。时间长了，我有些不忍。觉得除阳光外，豆芽还在顽强地等待什么。什么，是月光吗？我很想把兜里的什物掏出来，一一送给它们。喔，这是你的，给你，还有你。但我只有钥匙，门卡之类。它们不需要。我在桑园找到了几粒浆果，像枸杞大小，红的和黄的，汁液晶莹，一个又一个放在豆芽捧着的手掌里。浆果成了它们的脸，捧着这么鲜艳的面庞沉思，不也很好吗？

离开的时候，我回头瞅，豆芽好看极了。我觉得它们也满意极了，就是这样。

干嚼炒米

现在时兴不吃晚饭，我也逢迎这个时髦，以期降低血脂。但我晚上会饿，学名叫饥饿。有一句成语叫啼饥号寒，说的没有错。饥可以把人逼到哭啼的境地。血液里的血糖下降到一定程度，会让人哭。我不吃晚餐虽未哭，但腹鸣如雷，这算在肠子在肚子里哭，越想睡觉，肚子里的锣鼓队敲打得越厉害。“咕——噜噜噜噜。”鼓声在腹腔内横着窜完竖着窜。勉强入睡之后，梦又来捣乱，梦中下馆子，下饺子馆，下海鲜馆，饭到嘴边每每吃不进嘴里，比如脚下绊倒，又比如天上有炸弹掉下来。

后来我在睡前吃一点炒米，腹之啼饥与梦中窜馆子的事情都偃旗息鼓。我还是不准备在晚上吃正餐，炒米正好满足这一需求。

炒米是把糜子米炒熟之后干吃的食物，一把把用手抓着往嘴里放，没有汤汤水水，干嚼。我把黄澄澄的炒米放在茶末釉（青中带黄那种颜色）的瓷碗里，手抓一把放进去，一捻捻送嘴里解饿。

解饿归解饿，干嚼炒米耗费时光，要边嚼边读报或读基本上看不懂的物理学书籍。所谓炒米是用铁锅焙米，把生糜子米放锅里，锅底加干牛粪饼加热。牛粪饼火好得很，如木炭一样猛烈。这是指牧区，在城里用液化气炒糜子米其味道营养与牛粪饼与羊粪蛋子作燃料无差别。糜子米的水分焙干泛出微微的焦黄色，熟也。营养学将这一种加热称为“糊化”，食之更容易转化为葡萄糖。但炒米很硬。硬不硬，你站在干嚼炒米者的身边就听到，“唰——”“唰——”如嚼沙子，或者嚼玻璃。干嚼炒米者不仅牙齿好（这是在表扬我自己）咬肌也好（这也是表扬我自己），在动物界，咬肌发达的是食肉性猛兽，如虎豹豺狼，虎可叼一只体重二百公斤的公野猪窜过四米宽的山涧，其咬肌非同寻常，咬住人腿“咔嚓”一下可把腿咬成两截。我干嚼炒米嚼了半年之后，牙齿咬肌虽然比不上老虎，但我自己评估跟狼差不多。一次在单位食堂吃饭，我比较饿了，一口将一块排骨生生咬断，桌对面的人惊呆得说不出话来，端盘子上别的桌吃去了，他说他不配和有我这样牙齿的人同桌吃饭。

牧区的人并不干嚼炒米，他们也不看报纸和物理学课本。蒙古人吃炒米一用牛奶浸泡，二用奶茶或红茶浸泡，放进红白糖，奶豆腐，一点点黄油与炼乳，泡到略软不硬食用。干力气活的成年人吃三把或四把米，女人吃两把米，小孩一把可也。“把”就是用自己的手抓米，有准儿。

炒米进胃里膨胀，因此解饿。我以为，炒米应该是军粮，跟新疆的馕差不多。它干燥、保存期长，可以与任何液体相搅拌。炒米作为碳水化合物的来源，与蒙古人食用的肉类、砖茶、奶食品构成这个种族的食物基础。我猜想，在蒙古大军征服汉地与欧洲的漫长道路上，行囊中的粮食应该有炒米。军士们在行军中抵御饥饿时，也会干嚼炒米，在战马上或雪地里，或夜里的一切地方。

我祖籍是东蒙古的科尔沁沙原，那里的人习惯在沙地种植糜子。沙漠里不生长什么东西，但长糜子。我老家的沙子和近年土地沙化形成的沙子不一样，它是洁白的大粒沙子，如同砂糖那样，这里生长的糜子炒成炒米最好吃，香甜崩脆。赤峰的炒米个小色黄，硬而不脆，也不怎么香。我老家胡四台的炒米个大色白，如美人一般。这么好的炒米是大自然的恩典。如同这里的沙漠是大自然的恩典。沙漠里有沙漠才有的湖水和野鸭，生长沙里的植物。这里的民歌常常提到“沙坨子”，而它最杰出的物产之一就是炒米。

我第一次回到老家——哲里木盟科左后旗的胡四台村，我大伯家待客的榆木小黑桌上放着一碟子红糖、一碟子奶豆腐、一碟子黄油和一大碗炒米。我当时看不懂炒米在这里搞什么，以为它是生米，怎么会混进点心里呢？尔后捻一把放嘴里“咯嘣”一嚼，从此爱上了它。如果有一天我当上了国宴的行政总厨（或行政总厨的舅舅），我会在国宴的茶肴里加一碟子炒米，请各国来访的总统们干嚼或加奶食用，主客边“咯嘣”边谈有助于世界与地区和平的话题。我企图加进国宴茶肴里的美味还有小段的酸菜心，风干盐渍芥菜疙瘩、风干牛肉，荞麦面条和小米粥，能不能实现这一宏伟目标，就看我外甥的能耐了。

一位美国医生说：“你就是你吃下的食物。”是的，食物不光关乎热量，还关乎心灵与历史。我干嚼炒米的时候，内心的图景自动切换到科尔沁草原，那里有牛粪与红茶的气味，有白沙坨子和轻佻诙谐的哲里木情歌。那里的人红脸膛、宽肩膀，谦卑而激烈。我的亲戚中有黄眼睛、灰眼睛，甚至绿眼睛的人，但我们同属一个家族，是被炒米养大的人们。

荞麦面

科尔沁人幽默诙谐，创造了很多辛辣喜乐的民歌——《万丽花》《高小姐》《维胡隋玲》。他们身材结实、宽大。在通辽的火车站和汽车站等车的蒙古族人，仿佛是一家人，至少有血缘关系。他们有相貌气质上的近似性，看得出却说不出。科尔沁的男人适合被画成肖像画。他们的表情在缄默中包含变化的丰富感。男人的鼻梁直，嘴的线条鲜明，有黄眼睛和灰眼睛的人，他们爱吃荞麦面。

科尔沁人不对他人奴颜婢膝。给他们天大的好处，他们也不愿意谄媚对方。追求自由的人讨厌谄媚。谄媚里面有一半是欺骗，另一半是失去了自由。科尔沁人爱吃荞麦面。

科尔沁人走在白茫茫的沙坨子上，晒热的沙子可以治疗风湿病。沙坨子凹处的泉水甘甜怡口，那是小鸟和牛羊的水源地。张作霖的兵士抢占了好草场和好耕地，把科尔沁人赶进沙漠里。所有在沙漠里长大的人全都骁勇善战。他们喝了沙漠里的水，吃了沙漠上生长的庄稼，变得倔强。僧格林沁和嘎达梅林都是科尔沁人，他们永不屈服。

科尔沁人身上的血比别人流得快，容易冲动，科尔沁人爱吃荞麦面。

荞麦面做的猫耳朵汤何等美味。我写下“猫耳朵汤”这四个字时耳边已经传来“轰隆隆”的声响，似奔雷，如泄洪，那是科尔沁人手端大碗吃猫耳朵汤发出的音效。大碗放在嘴边，右手用筷子往嘴里划拉面汤，像用石块堵住河岸决堤的缺口，“轰隆隆”，一碗下肚，第二碗接着轰隆作响。他们咀嚼吗？肚子比嘴更需要猫耳朵汤，口腔不应该挥霍太多的时光。一般说来，人吃美味都采用吞法，细嚼就没什么味道了。你看猫吃鱼，鹰吃兔子，鱼吃虾都不嚼，科尔沁人吃荞麦面猫耳朵汤也可能不嚼。反正我不嚼，猫耳朵汤进我嘴里如武生在戏台上翻跟头，三两下顺光滑的食道进入胃囊，它们回家了。

我祖籍在科尔沁的科左后旗，出生地和生活地点在内蒙古和辽宁的城市。随年龄增长，越来越多地显示科尔沁人的个性。海水退潮之后，沙滩上的贝壳才历历在目。科尔沁人的性格好与不好，让别人去说吧。我们只说荞麦面。我越发爱吃荞麦面，如同越发爱喝红茶。我觉得自己像那位到法国小镇参加马拉松比赛的日本选手，他跑啊跑，跑到一个地方停住了脚。他觉得这个地方十分适意，就不走了。这是四十多年前的事情，人们现在也不知道那位日本选手身在何处，只知他跑到一片树林停住脚，走进去再也没出来，忘记了比赛以及一切。有人说他是怪人，我觉得说他是怪人的人才是怪怪的人。他跑了一辈子就是为了找到那片树林。即使这片树林不在法国也要钻进去不出来。对我来说，这片美好的树林就是荞麦面和红茶，组合成科尔沁的血肉。

荞麦面你好吗？我看到灰色的（也有发红发黑的）荞麦面，觉得幸福就在身边。平时吃饭，有什么吃什么，果腹可也。但每次看到大碗里的荞麦面汤，心里不禁浮起许多赞颂词，福气太大，洪福齐天。遇到贤达之士，他们谈到世界局势，谈股市、高铁、小说、书法之时，我每每想把话题转到荞麦面上。我跟他们谈猫耳朵汤和拉拉汤。猫耳朵汤前面已谈过，现在说一说拉拉汤。此汤与北京人士说的疙瘩汤是一回事，食材是荞麦面。疙瘩汤由于有了荞麦面而熠熠生辉。科尔沁人称疙瘩汤为拉拉汤。水沸，把和好的稀面转圈儿下进锅，便有了一片盛世风光。汤里可以随便放什么蔬菜，科尔沁人喜欢放一些肥羊尾，奶油。我只放菜，西红柿、生菜、黄瓜片都不错，卧两荷包蛋也行。盛进碗里，“轰隆隆”的响声震耳欲聋（指自己的耳朵）。上帝给世界造了那么多东西，不独山峦海洋，还有香蕉榴莲这些奇怪的美味。上帝没忘记造出荞麦，这是多大的恩惠啊。上帝造荞麦的同时造出了红茶，玉米面“杰日玛”（炒面），太够意思了。上帝啊上帝，你谁都没有忘记，心里始终装着人民。

月夜，荞麦地里的白花为大地绣了一件纱衣，月光照过来抢这份功劳。白昼里，蜜蜂飞到荞麦花上采蜜，如同给白花钉上一枚枚金黄的纽扣。我站在荞麦地边上会想起猫耳朵汤和拉拉汤，这里是它们的祖籍。荞麦施展了怎样的魔法才结出了荞麦？这个秘密没人告诉咱们，荞麦花不说月亮不说，锅也不说。科尔沁人不管吃多少羊肉，垫底的还是荞麦面拉拉汤。他们唱着情歌，喝着烫嘴的红茶，抽着旱烟。他们血液里的肝糖原来自玉米面和荞麦面。

粮食的神性

我羡慕那些吃饭很慢、一直吃尽碗里最后一颗饭粒的人，最后那颗饭粒，可能正是农民弯腰从地里捡起来的那颗谷粒。见到这样的人，我岂止是羡慕，简直会景仰他。

吃饭占用了人生很长的时间，虽然它够不上恢宏大气，它也真不需要恢宏大气。相反，小气和安静适合于每一顿饭。

慢慢用餐、吃干净每颗饭粒的人，身上至少有两项美德。第一是懂得感恩，感恩实在是要从敬重粮食开始。你看和尚去饭堂用餐，身上要穿戴袈裟、着正装，看上去一派庄严气象。我有幸与和尚一道吃过饭，他们手捧着饭钵，眼睛盯着钵里的饭，既用心又清净。和尚们肃然起敬的仪容，是对粮食做出的礼拜。古代真有人在吃饭前对饭食拜上几拜，以示感恩。为什么要对粮食和饭食恭敬呢？结论是：对入口的饭都不恭敬，还能恭敬谁呢？如果仅仅恭敬明星而糟蹋粮食，岂不本末倒置了吗？是粮食让你生命延续，而非明星。和尚们吃饭不说话，说话轻慢了粮食又不利于消化。科学认为，进餐说话会影响到从胃到胰腺的一系列功能。而你看和尚们专心吃饭，能体会到一样美。他们吃净饭粒用开水洗一洗碗，喝下去，那真是干净极了。以前，我见到我妈吃完炒米用茶水涮一涮喝下去，觉得愚不可及。如今知道，我这样想才愚不可及。我还没有到达他们的境界，从粮食中领悟天地馈赠之厚意。

他们身上的第二项美德是享受福气。福气在哪里？有人告诉我，福气就是手挎 LV。我问 LV 跟 VCD 是一回事吗？他回答：你是个老土。老土不一定不会享福，李白和苏轼都不洋，都是尽享天地大美的有福之人，他们都不知 LV 与百达翡丽。

福气在哪里？如果让我回答，首先回答是吃粮食。好东西生长出来而非生产出来。别不相信，你在心里算吧，粮食、柑橘、葡萄、牛奶、蜂蜜、珍珠、翡翠、鲜花都是生长出来的，上帝手里的东西。只有薯片、汽水、电视剧、口香糖这种烂东西才是生产出来的人的产品。

慢慢地享受生长出来的东西，是生命与生命相遇。每一颗粮食都有自己的滋味，越咀嚼越有味，身上充实。事实上，当粮食进入人的身体，是阳光、雨水、土地的香气和蛙鸣在你生命中循环，它不仅是碳水化合物，还是天地的能量。

人常说吸取天地之精华，天那么高，地那么厚，你如何吸取？人有可能接触到的天地精华，也只有粮食和水。天地不光生长精华，还以眼睛观人，看到不丢弃每一粒粮食的人，会生出欢喜心，赐福给他们。

蜜的秘密

把自己甜死的甘蔗

我觉得甘蔗是极为离奇的植物，人如果不把它砍下来，它会把自己甜死。嚼甘蔗时，我一边嚼一边想：这么甜，甘蔗怎么受得了。真甜，太甜了！甘蔗早晚能把自己甜死。

甜死是怎么死的？首先是舌头因狂喜而麻木死掉了，像毒贩子吸食毒品过度死掉一样，然后是主管嗅觉的中枢神经被源源不断的甜给甜死了。这里说的是人，而甘蔗作为植物，我认为它承受不了这么多的糖分。甘蔗的糖是单糖，热量太大，不跑马拉松消耗不掉这么多糖。况且——我稍微卖弄一下——甘蔗只有皮和瓤，而没有肝脏。这就很成问题，没肝脏，就没一个化工车间把这些糖分解成葡萄糖或脂肪储存起来，也没有肾脏把糖尿出去。你不断在甜，你甜无止境，这怎么能行呢？甘蔗没有肝脏，是造物主的疏忽。当然植物们都没有肝脏，正如动物们不会通过叶绿素吃太阳的饭，但其他植物也没甘蔗这么甜。

甜大劲儿了是什么样？就像甘蔗这样，脸憋得紫红（没肝脏代谢），如同喝大酒的人一样。脸紫红且不说，甘蔗把自己甜得身披白霜，这是甜得没法再甜的征象。在南方，我看到卖甘蔗的就赶紧买一节嚼一嚼，让糖分进我肚子里待一会儿，否则糖会在甘蔗肚子里甜爆炸了。

小时候，我唯一的梦想是天天遇到甜。那时候没听过世上还有甘蔗，但知世上有糖块。正是糖让我感到世界的神奇。神奇，说的是世上有房子、有树、有土、有大人和小孩，但他们都不甜。我吃到糖后才感到世界的化学性和神奇性，一块黑不溜秋的结晶体在嘴里，让它在牙齿间“叽里咯唧”地翻身，我却欢欣鼓舞，觉着人活着真没白活。甜是什么？是热烈到死的密集话语，是稠密的湖水，是欲罢不能，是舌尖上的歌声，是生活的赞美诗，是味蕾的大合唱，是口腔的弥撒曲，是舍我其谁，是不知有汉，是玻璃纸里包裹的理想，是装在兜里握在手里的快慰。小时候，衣袋里有糖的孩子谁不快慰？吃进去是嘴里甜过，握手里是早晚要甜。

那时候，如知世上竟有甘蔗，赴汤蹈火亦要取之。人生立志，当什么杨柳松柏？毋宁当一株甘蔗，不管其他，先甜起来看。

人长大竟无趣了，无趣之一是不再崇拜甘蔗。见了甘蔗不景仰不咽口水不开口大嚼，此曰无趣。连甘蔗都吸引不了你，还有什么能吸引你？钱？是的，钱了不起，但钱甜吗？钱会造出甜但也造成苦，钱能放进嘴里嚼出甜水吗？人在兜里揣着整齐的钱，莫如在怀里揣一节甘蔗。别人问是什么，你可以说是金箍棒。到无人地带，你可以掏出甘蔗“咔咔”嚼之，甜水如河流灌溉你的胃与心肠。那一阵儿，你可能会放弃一些无趣的人生规划。总之，你会变成一个跟甜有关的人。

牛羊虫鸟不吃甘蔗，甘蔗的甜在于它和人的缘分。它为了人甜——姑且这么说吧，否则它为谁甜呢？它长在土里，它差一点就长成糖块了。

甘蔗真是个好植物，每一株甘蔗都应该佩戴一朵大红花。

月夜，到甘蔗林里，听一听甘蔗在说什么话，听听落在甘蔗身上的小虫子说什么话。月光在甘蔗身上照不了多久就变成了霜，甜得受不了哇！夜啼的鸟儿在空中兜圈子，呼唤“甘啊、蔗甘”。鸟儿被甜晕了，把甘蔗说成了蔗甘。仅仅是甜，就可以改变许多事情。

正像人有偶像，香蕉苹果鸭梨的偶像是甘蔗。甘蔗虽然不圆，不挂于枝头，但甜得心满意足，让水果们佩服得五体投地。

桑　葚

早上的风吹过桑树，桑叶“沙沙”作响，好像树上藏着好几百只蚕。桑叶翻转叶子，像两个人跳舞，女伴钻过与男伴拉手形成的拱门。叶子快要飞出去时，被叶柄拉回来，就像男伴用手把女伴拉回来。桑叶上没有蚕。桑叶跳舞的时候，蚕还在蚕房里睡觉。

我几乎不愿把蚕当成虫子看，虽然它哪儿都像虫子，但它更像蚕。我见过的蚕比虫子们扭捏，这不因它有一些胖，虫子们都胖。蚕为着什么而扭捏呢？我想象所有的蚕身上都穿一件透明的、剪裁得体的丝绸睡衣，雍容地爬行。其实不能够叫睡衣，睡衣露不出蚕的一系列的脚，它只是披在蚕背上的一幅披巾，光滑冰凉，没有皱褶。蚕的披巾是质量最好的丝绸，好到什么程度只有蚕知道。

黎明时分，天空掀开夜的黑毡子，剩下一层蓝冰似的曙色，星星是蓝冰上的铜钉。冰随着天亮一点点化了，蓝色一点点衰减，只剩下白。天空在白天并不白，它蓝，只有在黎明前的片刻是白的，天空紧接着会掺入朝霞的红色橘色或什么色。天空在黎明前发呆的片刻，桑树的树干像天空一样白。那时候，我在新疆，我在内陆时间的五点钟起床跑步，喀什噶尔的夜比黑毛驴还要黑，跑着跑着，天亮了。天亮之前先有沙枣花的香味被风吹过来，这种香意味沉迷，天竟被如此浓烈的花香给熏亮了。星星、月亮、太阳、镰刀、羹匙、门环和茶杯都会被沙枣花熏得亮光闪闪。喀什的天亮跟我跑步可能也有一点关系。我在喀什人民广场跑四圈，每圈八百米。“咣、咣、咣”，广场上回响着我的跑步声。隔几分钟，毛泽东塑像下面跑过一个人，跑向西。过一会儿，又有一个人从毛泽东塑像下向西跑去，夜色稠密，看不清是谁，但我知道这都是我。之后，天才一点点亮起来，好看清谁在跑步。我每每在天亮时分见到桑树，阿热亚路边栽了一排桑树，树干如失血色那种苍白。我摸树干，粗糙的树皮把手心蹭得十分舒服。我的目光由树干一点点上移，有时在树叶上发现一只滚圆的小鸟，当地人叫它地雀，背和肚子黑白分明。更多时候，我的目光从树干升到树顶时，树叶里还能看到星星。铁匠的手指把塑料管子的嘴捏细，洒街。铁匠把打制的犁、窗子和刀摆在门口，桑树的树皮越来越白，星星散逸之后，只有桑树独自白净。桑树的叶子不多，在树上挂着，对蚕来说。它们是悬挂的面包和香肠。桑叶不须太多，够蚕吃就好了。况且，许多生长桑树的地方并不养蚕。如果我植桑树也不一定养蚕，假如喝醉了把蚕当成虫子扔掉，岂不可惜？

我栽蚕树一定是因为桑葚。桑葚是桑树的鱼子，它的汁液把人的牙和胃肠染上浪漫的紫色。小时候，我们吃桑葚的时候互相看牙。五分钱买的桑葚放在旧课本纸张做的漏斗形包装里，我们把一两颗桑葚扔进嘴里，紫汁把牙齿变成黑色，嘴唇深紫，嘴成了可怕的深洞。人带着这样的嘴打闹嬉笑是最有趣的，这时稍稍的有一点像妖精，小时候，我们都愿意变成妖精。

买桑葚的机会很少，因为没钱。我们去南山仰望那棵桑树。从春天，桑树的叶子刚刚冒出来，我们就去仰望。盼望它早点长出桑葚。夏天，桑葚羞怯地长出一点点，那是绿色的鱼籽，我们盼着它变紫。桑葚紫了，如枝头上的黑枣。我们踩着伙伴的肩膀，小心摘下紫桑葚，也就是一人一粒，其他的桑葚还青着。一棵桑葚足以把牙染得紫红，如嚼槟榔的人。我们有意让桑葚的紫汁留在牙上，从南山走到街里，尽情地笑，让别人知道我们是吃过桑葚的人。

可是，蚕宝宝吃过桑葚吗？它"沙沙"地吃桑叶时为什么不尝尝桑葚？我想象蚕吃了桑葚之后变成了紫蚕，吐紫丝。紫，神秘、妖异、俗艳。一只俗艳的紫蚕吐出的紫丝织出的绸子有多么惊艳，像一千零一夜里公主的披肩。几年前，我经过一个村子，见桑树上的桑葚没人吃，掉在地上，被人踩瘪了，泥土开出一块块紫花。今夕何夕？桑葚掉地下被踩成泥却没人吃？我摘下桑葚吃了几粒，我想把所有的桑葚都吃完但吃不完，太多了。我怀着沉重的心情离开这棵桑树，因为没人吃它结的桑葚。

桃 子

没见过哪一种水果像桃子这么性感，这么鲜艳欲滴。像是一个人——显然是成熟的女人在哈哈大笑。她的笑声停不下来，颤抖中充满了甜蜜。

我吃桃子没有一口气吃下去的习惯，先看一看它怎么回事。孙悟空为什么喜欢吃桃而不是火腿肠。桃子头顶的红晕证明它此刻正在晕眩中，不知道为什么被人摘下来运到这里，更不知道有人要吃它，否则就要生白晕而非红晕。

熟透的桃子像一位穿游泳衣的女人——又是女人——湿漉漉地站在池边。泳衣是由于丰满而非下水弄湿的。秋天里，所有的水果都在成熟，只有石榴和桃的样子在说自己熟透了。石榴熟透由牙齿暴露。古语称：笑不露齿。石榴把这话听反了，让牙跑出来笑，表明成熟在它身体里的震感比地震还强烈。桃子抿嘴笑，满面腮红。桃子的笑容和它甜美的滋味同出一辙。人吃桃无一不被汤汁弄的败下阵来，和吃柿子败下阵来相仿佛。吃桃的时候，桃的衣服一捏就下来——这一点和女人毫无相同之处——于是手无处可放。光溜溜的桃肉根本捏不住。双手捧桃像猴，好像唯独他一人没进化到位。人捏着弄着吃这个桃，汤汁沾腮，如儿童一般。桃肉不像苹果那么严谨，吃一块是一块。桃不论块，论堆。咬下这堆桃肉却有丝络牵连，汁水四溅。桃衣早已一脱到底。它不像西瓜皮以一厘米的厚度管理汤汁外泄。桃把人吃得有一点点狼狈，像日本人那样越来越哈腰，吃完紧忙擦腮帮子，狐疑俯看衣襟左右是否沾上绯迹。

桃欢乐，人吃桃从头到尾这套动作，显示着桃的欢乐。桃子有一点恶作剧，有一点大咧咧，但甜美。桃子的祖传家训乃是甜美，用不着转基因再甜美。什么人就是什么人，三岁看老包括桃，岂有他哉。桃子不哭泣，下雨天挂在枝头的桃子也像游完泳的孩子一样欢笑。世上有人哭就有人笑，命运分配给桃子的任务是笑，那就笑吧。哈哈哈！哈哈哈哈！哭不缺少理由，就像笑不需要理由，哈哈哈，我看见桃子就想笑，日本品种的久保桃在中国变成了九宝桃，哈哈哈！我奇怪卖桃人守着喜笑颜开的桃为什么不笑呢？要等到电视里的春晚语言类节目上场才笑吗？中国并没有加入废除死刑的国际公约，为什么舍不得枪毙春节晚会最不可笑的相声小品呢？

很久以来，人类开始鄙视自身的胖。桃不然，无桃不胖。桃明白，牛胖了被宰，牛如果瘦成一条蛇更容易被宰。桃不想象核桃那样用皱纹伪装聪明，核桃如果聪明就不应该香脆而应该像杏仁那样苦。核桃仁的形状尽管像人的大脑但它一秒钟也没思考过。木瓜虽然像人的乳房却一滴乳汁也挤不出来，茄子更挤不出来。

桃给世界带来了什么？甜美的果肉，笑，还有桃花。桃花绯红，如同春天里落地的粉红轻云，十分适合釉上彩。桃花落在渠水里惹人怜惜，桃花落在驿道让人伤别，桃花被风吹到春天的粪堆上宛如命运不公，好像比苹果花吹到粪堆上还不公。可见桃子在桃花时代就引人注目。人类早就用桃花阐释命运。算起来，桃花运不算什么好运，逃离桃花才转好。陶渊明说的那位打鱼人“忽逢桃花林，夹岸数百步，中无杂树，芳草鲜美，落英缤纷”。这片林子走完了，“便得一山，山有小口，仿佛若有光，便舍船从口入。”是说，世外桃源原本跟桃花林没关系，跟“山有小口”有关，是两地方。打鱼人从小口进入村里，见屋舍俨然，阡陌交通，此文没再提桃花的事。

杏

小时候，我家那个地方夏天没其他水果，只有杏。冬天跟水果沾边的东西是柿饼子和黑枣，比夏天还多一样。对小孩来说，萝卜、青椒、茄子都是水果。吃到嘴里“咔嚓咔嚓”响的就是水果，同样是水果的还有大白菜、小白菜、圆白菜，酸菜，均“咔嚓”。但真正的水果是杏，它结在树上，须仰望。菜嘛，是低头才看到的。杏仿佛知道自己的珍贵，它是内蒙古自治区昭乌达盟赤峰市夏天唯一的水果，由青而黄而橙黄挂在树上。那时候，赤峰市街里没几棵杏树，新中国成立之后没把这些杏树砍掉也是怪事。东园子有两棵，西南园子有两三棵，全赤峰的小孩都惦记着这几棵杏树上的杏，成群结队去杏树人家的墙外看杏，指指点点，咽唾沫，问自己：“这辈子能吃上杏吗?”离我家近的西南园子的杏树是坐地户的树，树下拴一只大狼狗，红舌头垂在胸前。我现在见到杏仍然会想起狼狗和下垂的舌头，但见到狼狗想不到杏。我们远远望着杏树，慢慢移动脚步，人群变成扇形。脚稍稍一动，狼狗抬头吠叫，使我们退两步。我们退，狼狗默许，然而移步向前，它一定要吠叫。狗叫为什么要抬头呢，它的嘴冲着天空才叫得出来。离得远，杏们是小黄点，藏在绿叶里。想看细致点儿，狗不让了。有一天狗被牵去配种（在没有微博微信的时代，狗配种的消息是怎么传出来的呢），我们到那棵树下把杏尽情地看了一遍。熟杏不愧叫杏黄色，除了红辣椒，它比任何东西都鲜艳。杏上仿佛有一层小白毛，又像结着霜。那天杏上挂着晶莹的露水，简直漂亮极了。杏在枝头挂着，已经看出其质地绵软，远胜“咔嚓”。咔嚓多么低等。我啃了多半个白菜，肚子已经撑得如皮球才尝到一点点甜味。杏多高贵，挂在树上让人仰望并咽唾沫。狗仰脖子才叫得出来，人仰脖子却咽不进唾沫。配完种的大狼狗美滋滋地回来了，我们猢狲散尽，离开了亲爱的杏树。

那时候，课本上画着别样的水果——苹果、鸭梨、香蕉，它们总是在算术课的加法运算题里出现，我们以为这是不存在的东西，它只在上算术课时才存在，就像凤凰并不存在却有凤凰牌自行车一样。然而杏让我们知道除了糖之外世界还有甜的东西，比如杏。我们知道了杏之后，同时知道了我们的舌头没白长。它除了品尝玉米面窝头之外，还预备着吃杏。眼睛也没白长，可以看到杏。晶莹橙黄的杏挂在枝头，肩膀上挂着露水，狼狗直着脖子吠叫。

我吃过我爸从北京买回的杏但没跟小伙伴们透露。这帮土鳖虫只停留在看杏的阶段就止步不前了。即使他们在讨论中说杏有点辣、有点咸的时候，我也忍住没说杏的真实味道——甜，略酸。杏的妙处恰恰不是“咔嚓”，人吃杏时，别人是听不到声音的，萝卜才是有声食物。杏具有神秘的绵沙口感。没吃过杏的人见吃杏的人一点声音也发不出来，在嘴里抿抿就咽下去了，一定百思不得其解，好像吃杏者嘴里安装了消音设备。这帮馋鬼正打算从吃者发出的声音来判断被吃之物是什么味道，杏让他们失望了，sorry。

比品尝杏味更妙的事情是双手掰开杏。杏开了，露出比表面更鲜润的橘黄。杏里藏着俗称杏核眼那种双眼皮的杏核。杏如贝壳一样打开之时也没有声音，杏肉有黏核和不黏核的。sorry，这两种杏我都吃过，但没跟家属院的兔崽子们说过此事，他们会恨死我。我把吃完杏剩下的杏核摆在窗台上晾晒，兔崽子们看到，问了这是啥呀？我支支吾吾说这是中药。他们问：啥药呀？好吃不？我答治哑巴的药，不好吃。他们确实没吃过杏，连杏核都不认识。这些人如今快六十岁了，童年在饥饿中度过，我也如此。胃每天都在叫喊饿，眼睛像动物一样不断找吃的东西。

我晾晒杏核是准备吃里边的杏仁，还是吃。杏仁味苦。甜蜜之物的心里常常是苦的。家杏仁不及山杏仁好吃。而山杏的杏肉我们都吃过，苦涩，基本不能吃，它的杏仁却有一点点甜。关于杏的赞美之词先说这么多，好像还没有说透，似乎还拉下了什么，想不起来了。如果再说，则要说杏这个名字起得好，其音如鸟鸣，突兀，又有一些弹性——杏，还有一些回音。汉字的杏字也造得好，简洁而有美感，像伞下面张着一个口。有一度，我曾想为自己发明一个从来没人姓的姓。先想姓美，后来觉得倘若子孙长得丑就不好起名了。也想过姓飞，姓山，都觉不妥。其实姓杏挺好，在这里推荐出去，谁愿姓杏谁就去姓吧。

樱　桃

见过一则微信，照片显示：把樱桃用盐水泡过后，爬出白色的小虫子。微信加了一个惊悚的标题——你看了之后还敢吃樱桃吗？我看了之后心情大悦，想象我为什么不是那只小白虫呢？它的衣食住行都在香艳肥美的大红樱桃里，虽万户侯不易也。世上哪里有这么好的房子，躺在里面拿房子当饭吃。床是水嫩的水果凝胶，睡醒了吃两口，接着睡。床罩枕巾枕头墙壁地板天棚全是你的盘中餐，随便你怎么吃。它有一个统一的美好的名称——樱桃。上帝还是偏向弱者，把小虫安排在这么好的地方生活。上帝让强者用水泥这类乱七八糟的东西盖房子，然后贷款付钱、装修搞厨房马桶，麻烦事多不胜数。弄好了，睡觉要上睡觉的屋，吃饭要去吃饭的屋，而且要做饭。墙、椅子、枕头能吃吗？不能。这种房子无论叫别墅、跃层、河景房都是扯淡，都得装修、都得做饭，一点不智能。最好的房子是樱桃，苹果和梨差一点，但也行，前提是你要变成一只小虫子，白色红色都行，钻进去，连吃带住一辈子。

住在樱桃里，你被这个房子所包裹，到处都是香味。小虫在果肉的滋养熏蒸下变得白白嫩嫩，浑身上下没一点老皮。任何一种虫子的皮肤都比人的皮肤好，道理在于它的房子好。这个房子挂在枝头。一根果柄把樱桃连在枝上，不必担心果柄不结实，上帝已经让它经得住樱桃的重量，你操什么心？假如，樱桃从树上掉下来，里面的虫子只感觉房子如皮球那样弹了弹，很舒服却没有损伤，上帝把一切都安排好了。这个房子高悬枝头，如红灯笼一般，里面住着小虫。虫儿每天早上睁眼瞧一瞧，果肉的墙壁泛出金红的光，与往日一样。虫子如果关心外部世界，可以从樱桃的房子里往外钻，冒出小脑袋看一看。它看到树上挂满了樱桃，房屋闲置率 99%，供大于求。鸟儿在枝头歌唱，听上去如唧唧，又如七七。有的鸟说舅，也可能是秀。鸟儿吐字从来都不准。风照例吹过去，把树叶的灰尘吹一遍，其实已经吹了好多遍了。太阳依旧挂在空中，它周围依旧什么都没有，与往日没什么两样。失眠的虫子夜里从樱桃房往外看，它看到露水的钻石在草丛闪光，渠水咕噜噜发出漱口的声响，它一直在漱口。月亮跟白天的太阳可能是同一个，也可能是两个，照白了地上的小路。虫子并不知道这地方叫樱桃国，它生而在此，觉得人类鸟类和蚂蚁回家都会回到一个樱桃式的房子里。如不如此，活着有什么意思呢？虫子住的樱桃房子，从人类眼光看有一点问题。它连吃带喝都在这个地方，不搞另外的卫生间。事实上，只有杂食动物譬如人的粪便才污秽。人的消化系统用吲哚的酶消化吸收食物才搞得臭不可闻，拉屎才需要有专门的屋子。虫子只吃樱桃，排泄物到不了臭的程度，总之它自己能忍受。

樱桃和山楂拥有共同的祖先，之后走在不一样的道路上。山楂以自己的白雀斑为荣，盼望做大，变成一只苹果。而樱桃更有文艺思维，它想变成葡萄，可以跟浆果、跟酒扯上联系。它们各自远行。山楂不仅没变成苹果也没摆脱质朴，名字里的“山”字一直去不掉。从樱桃的名字看，它显然进城了，也许进入了宫廷。樱是花名，桃乃丰腴之果。美色与甘味都让樱桃占了，而山楂还在那里酸，甚至变成了健脾的中药。樱桃走到离葡萄很近的地方停住了脚步。它不喜欢葡萄的藤。藤是什么？是绳子吗？那些站不起来，依附他者的植物才叫藤。樱桃觉得长在树上才风光，比结在棚下好多了。树有自己的宇宙，上面有树枝的山脉和树叶的土地，果实是这样的宇宙里的星辰。树上的樱桃常常觉得自己在飞，树叶“哗哗”作响时，它觉得自己飞出了几十里路，满天都是樱桃的身影。

樱桃是带有笑容的果实，不管这个世界怎么样，先笑起来再说。笑有丰颐，如樱桃的笑。而瘦子笑起来如核桃的笑。堆在盘子里的樱桃让画家产生画一幅静物的念头。血红的樱桃伸出横七竖八的长而绿的果柄，指明每一个樱桃的归属。一个成年人身上带着七八斤血，但没人赶得上樱桃的气血充足，它的血仿佛比人更多。如果拿樱桃作首饰，它比珊瑚还美。它在血红里含蕴深邃，如同它的笑容藏着凝视。谁跟樱桃对视，谁会败下阵来。它的红毫不犹豫，它在火炭、朝阳之外创造了另一种红。有一夜，我梦到樱桃长大了身体，长出鸡蛋大，我抢过来吃一口醒了。我回味这个梦，即使不醒，我吃到的也不是樱桃，而是李子。李子虽然也好吃，但它不是樱桃。如手指肚一般大的樱桃刚刚好。万物的状态决定了它的品质。如果变成比命运规定的更大或更小都会面临一场悲剧。

鸟啄樱桃人痛快

从八栋洋楼往北走，到河边见一片银杏树。银——杏，不光名好听，树也好看，是雍容大方的树。未至秋天，树叶不黄。过银杏队伍，沿河走，见一株樱桃树。樱桃好吃，树也不难栽，跟栽苹果树、梨树差不多。此树结满樱桃，大而红而艳而亮而惹人爱不释眼。我流连忘返，来了一个人，看护者。

樱桃看护者穿武警士兵夏常服裤子，上身是假鳄鱼T恤衫——我朋友称之为“丁雪”衫。他手拿一把镰刀踱来。

“这是什么樱桃啊？”我和蔼地问。

“大灯。”

大灯？这哪像樱桃名。“为啥叫大灯啊？”

“大灯是大灯笼的简称。你明白什么是简称不？”他问我。

“明白简称。”我回答，又问，“有没有什么鸟飞过来吃樱桃啊？”

“没有。我跟你说，”他拿镰刀比画，“世界上这些坏事都是人干的，和鸟没关系。”

“那倒是。我在这看看樱桃行吗？”

“看行。”他转身走，带着镰刀。

偷不行。我坐在树下看大灯。谁起的名？太好了。一颗颗大灯红得发紫，我想象它的汁液比血还浓。如有一尺高的小人在街上走，真像拎一只红灯笼，谁见谁眼馋。

刚才为什么提鸟的事？在动物中间，我比较偏向鸟。才见樱桃，我就想到了鸟。鸟为什么不来吃樱桃呢？

对鸟来说，樱桃是洗脸盆子那么大的美食盘子，像钉子一样的鸟喙啄下去，满口红泥，连汁带肉咽下去，酸甜呛嗓子眼，多好。吃完一个，还有，有的是，完全不必吃干净。像咱们在仲夏夜进入西瓜地，劈哧啪叉，吃！但樱桃比西瓜有营养，西瓜引发内热，樱桃解毒。画眉、百灵假如饮了小造纸厂污染的水源，吃几枚樱桃，没事了，拍拍翅膀接着飞。

鸟来了，一只灰喜鹊落在树上，瞭望。咋不吃啊？它换一枝条，看远方。看什么远方，看樱桃啊！灰喜鹊在搜寻异性。孟子所说“食、色，性也”，食在前头啊。又飞来一只灰喜鹊，我看不出公母。它们双双飞起，盘旋，落下，对亮晶晶的樱桃熟视无睹。我甚至想把灰喜鹊捉住，按地下，往它们嘴里塞樱桃，一次塞两，看它们吃不吃。

两只喜鹊飞走，往银杏树那边。我叹曰：汝，有负吾心矣！谁知道它们懂不懂文言文。

樱桃是弯弯的手指

夜雨之后，红砖通道在桑园格外触目。砖是老砖，被光阴蚀出孔眼，制成砚一定发墨。几株青草，沿砖缝蓬张，把红砖间隔成一个个小网球场。那些草在风里招展腰肢，俯首赞叹被雨水耐心刷了一夜的砖道的清洁。

我蹲在砖道旁，拂下青草的露水，洗手擦脸。过一会儿，瓢虫、蚂蚁要来这里散步，这是一条假日皇冠大道。

小时候，我也砌过一条青砖的通道在平房的院子。

我家住的地方原来有地藏王菩萨庙，“文革”时拆了，砖积如山，为通道材料。从红松的障子到屋门口只有几步。我把障子让改了，使之距门远，可砌通道。虽然当时我只有十岁，竟懂得两大美学道理，一是看出青砖宜于发思古之幽情，二是把通道砌出两个漫弯，制造曲径。但我爸爸不按“曲径”走，几步直抵家门。

这条通道花了半月时间弄成，路面并非平铺，有各种错落的形状。它与院里的樱桃树以及屋檐下的燕子巢构成与外界恍如隔世的情调。樱桃树削长的叶子，似美人的眉，倘有风，又簌簌如镖。燕子每日从巢里飞去来兮，雨天尤勤。它那优雅的俯冲，常令人感到燕子径直冲向我家红箱子顶上的镜框上。砖道浑穆，尤其在古铜的夕阳斜罩于我家的烟囱和窗户时，灰砖上洒满被树枝筛碎的金光，宁静从我家向四外扩散。樱桃从树上探出头，像一根根弯曲的手指。

这些使我得意，以为距艺术不远，但我父亲对此无动于衷。他上班时脸色苍白，脚步踉跄着。后来他被关押在单位，开始由我妈送饭，后来我送。那时，常常传来消息，说有人从大烟囱跳下、上吊或触壁而死。每天傍晚，我坐在清静的通道旁等母亲下班。从她进院的表情，我就知道父亲是否还活着。

苹　果

那天我走在街上，水果店的卷帘铝门“咔、咔”拉起来，让我看到了一个美满的世界：灯光下，黄的芒果、红的西红柿、绿西瓜和大白梨摆成一个个斜坡，像提醒人们别忘了世上如此多鲜艳的色彩。我进去逛了逛，检阅这里的新疆枣干、鱼雷式的榴莲和伊朗椰枣。我看到胡乱写在纸壳上的“伊朗椰枣”几个字，无由想起“一千零一夜”的故事，觉得有一种水果应该叫“阿拉伯神灯”才好。我看到挤在一起的苹果，突然感到苹果们好像是一群客人。我的意思说，它们不像是食物，像一群兄弟，刚刚从早晨醒过来，脸上带着回忆的表情。

我拿起一个苹果，看哪边是苹果的脸。员工喊：不许挑。我哪里在挑，我在想苹果在想什么。苹果，盘子里、桌子上、网兜里的苹果都像客人，平和圆满，带着正派的鲜艳与富足。苹果安详，它的笑意在脸上转了一个圈。还可以想象，柚子是厚皮大象，西瓜是农夫，栗子是蚕蛹的堂兄弟。

有表情的苹果可能在回忆着树上的事情。月夜，苹果从枝头看见露珠的光亮，月光照着苹果没被晒红的另一边。结苹果的果树显得比其他树更富有。假如树会走动，松树和杨树都要走进果园参观结苹果的是什么树，这是树里的奇迹。松树猜想苹果有没有松香的味道，所有的树都有一个愿望：吃苹果。它们想知道苹果是什么味，有没有土和木头的味，而苹果树缄默微笑。假如告诉树们，苹果香甜，它们会更疑惑：苹果树从哪里找到的甜，难道土里有甜吗？

苹果的笑容从红的那一天开始一点点加深。秋天，从哪一个角度看它都是热烈的笑脸。我看到苹果就想起“满足”这两个字。苹果满足什么呢？它好像比其他水果心里都有数，不像柿子一肚子稀粥。山楂红得过分且很酸，苹果一心一意的甜。

我在农村看守果园，后半夜总像听到笑声，不是风吹树叶的声，也没有下雨，月亮也没出声。笑声更不像偷苹果人发出的，他们笑也要回家笑。我背着那杆没枪砂也没火药的鸟铳巡视，果园很安静。回到窝棚躺下，笑声又隐约传来，像有人讲故事把小女孩逗笑了，又像儿童下五子棋下高兴了。现在想，这该是苹果的笑声，它们个个有那么圆的笑脸，怎么会没有笑声呢？

苹果籽

小时候，我吃了一个苹果。消息传到家属院那帮兔崽子耳里，他们静穆了，也可以说敬慕了，表情像喝醉了一样迟钝地看我。人堆——刚才正搞抢帽子混战，把谁的棉帽子抢来，像破狗皮一样扔掷撕掳，直到稀烂——闪开一过道，让我过。

他们没吃过苹果，但知道。小学算术 1＋2、2＋3，课本画的就是苹果。3 个苹果加 4 个苹果等于 7 个苹果，而不说 2 个狼加 5 个狼等于几，也不说 3 个糠菜团子加 2 个糠菜团子等于几。不说吓人与熟悉的什物。咱院小孩最熟悉糠菜团子，用它解说，学得更快。

我吃了苹果后，他们从头到脚观察，吃苹果的人有变化吗？胳膊变长，头发变绿像海带那样？没有。

这个苹果绿而皱，比鸡蛋大一点，叫印度苹果，那当然很甜，和糖精完全不同（有小孩舔过糖精）。吃，吃，剩一瘪核。苹果是不需要剩核的，核留给谁呢？所以我把核也吃了。吃完吐五个籽。小籽黑褐发亮，像田鼠的眼珠。我吃了一粒，白瓤，微苦，不及苹果好吃。余下的在桌上摆成横线竖线，然后放入宝盒。宝盒是“金鸡”牌鞋油的空铁盒，它口紧，用拐杖式的旋柄才能打开。苹果籽放进去，里面还有带豁口的玉坠，铜别针和不知什么鸟身上的黄色羽毛。

后来，有人用山楂籽换苹果籽。不干，山楂多便宜。弹弓、玻璃球和松紧带都没打动我的心，只有苹果籽可以证明我吃过苹果。当时我想，人的一生也许只吃一次苹果。

1970年，家要搬到“五七”干校，大人不许小孩带东西。我把铜别针和羽毛送给了穆日根和木兔子，苹果籽种在水文站房后。在墙上给每个籽的位置作了神秘记号。

干校有挺多好玩的东西，从游泳到捉刺猬。我看别人用“金鸡”牌皮鞋油的时候，会猛然想到苹果籽。我认为它们已是开满碎白花的苹果树。一次做梦，家属院小孩像猴子一样悬在苹果树的每一根树杈上，狂吃大笑，不听我的苦劝，竟哭醒了。如果回到赤峰，我要告诉别人苹果树是我种的。他们当然不信。太好了，我当即指出，东边那棵树身上箍一个玉坠。我知道会有人怀疑，就把一粒籽埋在环形的玉坠当中。

那时有大人回城，我请他们到水文站看一看。我告诉他们那儿有苹果树。大人们哼哼哈哈，好像谁都没去。

后来，我忘记了这件事。再后来，我不幸得知一个知识：苹果籽长不成树，需要嫁接。我再也没去水文站。学这个倒霉知识之前，我以为咱院的兔崽子每年都被苹果撑得满地打滚，像犯了羊角风。

人的梦想太容易被知识击败，被世故淹没，被时间隔离。带鞋油味的苹果籽，是我的珍藏物，后来却被忘记了，因为有人说它们长不成树。

核　桃

核桃，也许在石器时代就成了人类的食物。先人里头最没能耐那位弱者——打猎不行、奔跑擒羚羊也不行——试着用石斧砸开了核桃，取其仁而食之。人类从早期至今，见什么东西都想吃一下，古代就这样。饥饿基因深刻地镶嵌在我们的大脑沟田里。这位祖宗弱者从核桃仁里吃到了甘美，虽然他不懂他吃到的是植物蛋白质，对继续进化大有裨益。其仁既解饿，又好吃，还打猎干啥？那时候，强壮的原始人约有80％在狩猎中被野兽所猎，成为动物们腹中的动物蛋白质。残存的20％，一半跑得快，边跑边跨越溪流树丛——如今刘翔身上还有他们的影子。刘翔比赛时表情之凶狠、透露出追狼的勇猛和被狼追的绝望。另一半人上树了。我在海南看人“嗖嗖”上树，就想起我们的先人当年被野猪追赶时的敏捷。这两批人后来发展壮大，规模达到六十亿，多数不善跑更不会上树改上网了，他们的大脑中仍保留着饥饿的记忆。此记忆最鲜明者多数是胖子。因此，胖子们并非由懒或贪吃所造就，是人类集体无意识当中没被删除的饥饿记忆扭曲了他们的臂膀与腰肢。如果，人类很早就吃核桃，核桃树林遍布全球，冬夏全结核桃，人比现在聪明不说还很瘦，体形如黄鼬那么苗条喜人。

最早吃到核桃仁的先辈是洪福齐天的幸运者，之前好多位探索者刚吃到核桃皮人就不行了。皮有毒性，彼时李时珍未诞生，没人指导他们服解毒药，他们于核桃树下倒毙，死了不少人。这些死者以为核桃是桃（确实是桃），把核桃皮当桃肉吃而致身亡。后来那位手持石斧的弱者出现了，他把别人丢弃的杏核桃核橄榄核砸碎食仁，见了核桃也如法炮制，为人类开辟一个食物新天地。公平地说，核桃应以他的名字命名，但原始人无名更无姓，彼此称呼为“呜”，翻译过了是“他”。他们且不具备“我”的概念，不知“我”在哪里，也不需要向别人指出“我”，故无名。汉语里的核桃即胡桃，与胡琴、胡马、胡辣汤一样从西域传来，叫白了，曰核桃。胡字发音嘬口呼，南方人发不出这个音，说出来如“扶”。而核音是开口呼，南北人发音皆宜，便核了。在古音中，胡与核是一个音，怎么读都对。如今的麻将战中，和了即读胡了。北京人管果核叫果胡。“街、界、接”与“该、盖、改”的发音都可以串通，汉人在明代之后的口语才有“解、节、姐”的读音。

先辈吃了核桃仁，精力倍增。本草称此物健脑、壮筋骨。此人吃吃吃，比打猎的人还有劲，挥舞石斧专门上树找果破其核吃，最后也被某果仁毒死，不是所有的果仁都健脑。他去世之后，同伴举起他那只划时代的石斧，只砸核桃吃。中间也砸过狼粪球、屎壳郎、见其无仁则不食。仁者爱人这句话里有好几层意思，其中一层是果仁对人类具有哺育之功。但算起来，能吃的果仁就那么几种，核桃仁、杏仁、入药的有桃仁、酸枣仁。石斧并没发现更多的仁。

说吃核桃仁健脑完全是李时珍氏的附会。李纂《本草纲目》时还没接触到现代植物学与药理学。他说把吊死人的上吊绳烧成灰可治癫症即出乎一种臆想。鲁迅在《呐喊自序》写入药的虫子要公母成对的就是对某些虚妄的中医的贬斥。中医学与中药学是不同的领域，许多人不信中医也是因为不信中药，其实它们是两个有联系的不同领域。核桃仁像人的大脑（也像猴的大脑），但不等于它能健脑。美国加州大学伯克利分校出过许多位诺奖获得者，都不是吃核桃仁喝核桃水修成的正果。如果他们吃过核桃，也与没得诺奖的人吃得一样多而不是更多。中药药理更多强调核桃仁强壮筋骨，然而说到底它只是植物蛋白的一种，可食而已。另外，核桃仁与大脑形态相似并不好证实。人们只在书本的人体解剖图上看到大脑的样子，似核桃仁又似一堆肠子盘在脑子里。现实中谁见过人类的大脑？除了医学生上解剖课，别人没这个机会也不必有这种经历。枪毙人的人见到的人脑子也是一堆白浆子，哪里像核桃，李时珍从哪儿得到的这个印象呢？除非他活吃过猴脑，那是最残忍愚昧的吃法，只有中国筵席上才有这道菜。

大　枣

在我小时候，玩具不是别人为你制造的要由自己完成，或去自然界寻找。有一次，我们发现军分区的一个小子从兜里掏一下，用虎口环着给我们看。

“大枣!”他说。

我们啧啧。真是大枣，这家伙竟然有大枣，多富！然而他松开手，原来“大枣”是把中指的第二指节用红墨水染的，再一攥，挺好。我们纷纷在中指涂上了“大枣”，走在路上有一个指节是红的。说起来令人羞耻，我们那时已经上中学了，隐约也上过物理化学课程，但多半时间在学工劳动或挖防空洞。同样令人羞耻的还有，我们没钱买红墨水，便到学校偷。几人伙着到老师办公室，天真烂漫地汇报最近遇到的事，把老师的视线挡住，偷红墨水。一瓶红墨水咋也染五六十个“大枣”。

手上有了“大枣”，要赶紧向认识的人演示一下，看他惊讶与馋的表情。如果他可怜的央告：“给我一个吃行不?”那就太令人开心了。一般的说，欺骗，目睹别人流露欲望时的可怜，以及迅速戳穿这个把戏，这些因素会构置一个好的游戏。当被蒙骗的人发现“大枣”是你突然伸直的一个指节时，他的失望与恼怒亦可观。他也会四处找红墨水，让别人仰慕大枣而暴露可耻。

游戏流行得很快。当你神秘兮兮地对别人说“大枣”时，他傲慢地仰起鼻子，也把涂一块红色的手指晃一晃时，这个迷人的游戏就接近了尾声。我们为了维护它的活力，曾跋涉很远，到金鱼胡同和榆树林的回民区演示，但那儿也有了。他们火气大，认为我们迹近轻薄，欲施之殴打，我们只好速返。

后来有人把这个游戏演进为画老太太像。在中指关节画个老太太，由于皱褶的原因，人脸在屈指时似笑，伸直则近于哭了。这也行，但为什么没有“大枣”深入人心呢？因为后者是美味。在当时的中国，能常常吃到大枣的人，不是一般的人，我们都没见过。在电影芭蕾舞剧《白毛女》中，成排的倩女穿着短而肥的裤子立足尖罗列而出，全留大辫子。我们对伊的身段容貌尚无思慕之心，但对每人端着的（道具）大筐充满觊觎之意，里面堆着冒尖的大枣。

歌词曰：“大红枣儿甜又香，送给亲人尝一尝。一个枣儿一颗心，哎嗨嗨嗨哟嗬……”云云。

当兵多好，有这么多的枣儿源源不断地送来。歌词说，枣儿这东西“甜又香”，这的确是不错的。而吃枣，姑娘说是“尝一尝”，多客气，我们认为每人只允许吃一颗才叫尝，而他们明明有十多筐。歌词写得真好。

在没有游戏的日子里，我们成排坐在盟公署家属院后墙底下，缄默着。没有书读，当然也没有电视，没有打架或武斗的场面可供观看。常常一直坐到太阳落山。我们希望有人给我们讲黄天霸、《海底两万里》、《牛虻》，或随便什么历史上发现的或人们编出来的事情。但没人懂这些事情。而懂得故事的大人们，都要噤口。

高粱与石榴

说高粱是庄稼里的石榴亦未尝不可。

高粱暴露自己红扑扑的脸膛，石榴只露出牙齿，像煮红的鱼子。

见过高粱，你就要钦佩。它们把粮食举在头顶，而不像玉米那样把玉米棒夹在胳肢窝。高粱高举着米粒向天告白，也可说举起了一炬红烛。高粱壮烈，高粱不穿军服也像个军人，不像有人穿着军装也像小人。高粱像跋山涉水的游击队员，身子一动就“刷刷”响。高粱的叶子像一片片扁刀，割秋风、割露水，高粱不是好惹的，它私蓄一肚子酒精。

人在瓶上看到“大高粱”三个字，就知道是酒。而瓶上若有——大樱桃、大谷子、大香蕉则不知所云，也没人管谷子叫大谷，它是小米的前身。高粱的穗子不是白白红的，山野里一嘟噜一嘟噜的红，比鸡冠花还像炭火，高高在上。高粱酿的酒一腔凛然。酿造五粮液的五种粮食，最有爷们风骨的只有高粱，一味阳亢。而大米与谷子旨在调和婉转，高粱是点火烧荒的当家人。

从分子化学说，高粱米含有鞣酸和胶质，而且，高粱一煮就开花，从心里绽放的花，好像禁不起别人歌颂，歌颂就开花，人吃起来不太禁饿。高粱造酒性烈，一煮就开花，没酿没煮的时候，脸红得已经不行了。高粱不是一般人。

石榴是富贵人的爱物。旧时人物，堂上倘若挂一幅石榴，一定是祈生子孙。石榴胸藏百籽，让不生育的人羡慕极了。这个籽，也被寓示子夜的子，一元之初。又是子鼠的子，生肖之长。所以，石榴龇牙咧嘴大笑之际，已被人间看出了福气。好多人求画家画石榴，而石榴最不好画，画不好就像黄梨或小倭瓜。画石榴开口更难，它不让你写意也不让你写实，中国画的表现手法在石榴这儿得不到发扬。

石榴为什么会炸开呢？是方便小鸟啄食吗？这么说并不是不讲理，而在讲道理。鸟啄石榴，把籽包裹在粪便里，带到异国他乡，这正是石榴开口笑的理由。石榴汁可以治疗痛风，治疗风湿痛，却不知有多少人的牙齿与石榴籽纠缠不清，牙跟牙打了起来，一个要嚼，一个不让嚼。看一个人吃石榴能看出他对生活有多少耐心，虽然生活的纠缠不清甚于石榴，比石榴苦得多，但他甘愿忍受却不愿向石榴妥协。人们像吃西红柿一样吞吃石榴，却吐出一粒粒残红的牙。慢慢地吃石榴，时光情愿为你停下来。你发现一粒石榴籽也是一座时钟，藏着甘美的光阴。石榴籽像一颗颗鱼的眼睛，在石榴皮里互相凝视。

高粱从绿色的秸秆里长出一穗红，长到秋天，见谁都脸红。石榴籽的红没有锈色，光莹似珠。在植物界，果实的红都因为花开时未曾尽兴。

美丽的葡萄

“葡萄。”我爸说，然后摘下一粒放在嘴里咀嚼。

我和姐姐甚至没听清，什么桃？也摘一粒放在嘴里。等我们把这种酸甜莫名的多汁之物咽进肚里后，我爸把葡萄皮吐出来。

“吃葡萄要把皮吐出来。”他意味深长地看了我一眼，又说，“籽也要吐出来。”

我根本没感觉出它还有皮和籽，而诧异于我爸能够弄来这么奇特的东西。一粒粒紧密地挨着，像把鱼尿泡系在了一起。如果他不说能吃，我以为这是一个摆设之物，工艺品。

“这叫什么？”我扭捏地又问一遍。

“葡萄。”我爸说。

“在哪弄的？”我不知这是他制造或怎么弄出来的。

“买的。”

世上还有卖葡萄的？我从未听说过这件事，也就是说这么好的一件事始终瞒着我在人间发生着。

葡萄，我默念着这个古怪的名字，吃葡萄的速度已越来越快，引起我姐的抗议。她说刚刚吃一粒，我已吃两粒甚至三粒了。葡萄，我管不了那么多，这个词在脑子里此起彼伏地发出声音。而且，这不能怪我，葡萄到了嘴里之后，自动冲进嗓子眼；它们挣脱了咀嚼，争先恐后钻进肚子里，和我有什么关系？葡萄。

我听说葡萄是冯阿訇所卖时，更惊讶了。冯阿訇住在我们去剧院那条路的边上，胡须银白，脸色干净，向每一个路过的人亲切地打招呼。他家里有葡萄，这就不奇怪了。

当最后一粒葡萄丢进嘴里后，我以极大的毅力把它取出来，放在桌上研究。剥去它的紫衣服，它像雨衣一样光滑。里面的果肉像模模糊糊的绿玻璃球，镶嵌着纵横脉络，籽儿坐在当中，这就是葡萄。但为什么这样就不清楚了，也许冯阿訇知道。它很软，不像苹果或土豆那样脆或喧，咬一下也没有咬梨的“咔嚓”声。

葡萄，那时我会不自觉地吐出这个词，像打嗝一样，像金鱼在水面吐出的气泡。

有一天，我终于下决心去拜访冯阿訇，这距我吃葡萄已逾半年多了。我记得他永远站在菜园对面的高门楼下，衣衫干净，笑着跟人打招呼，嘴唇红润。到了之后，却没见到阿訇。我来回走了几遍，见不到他出来。事实上，那一条街都没有人。肥硕的白菜望不到边，蝴蝶追逐着渠水飞向远方。冯阿訇的家，院门紧闭，里面是树与飞檐的青砖瓦房。我只好回去。

葡萄的事情刚刚被忘记，我和父母上街，不期然见到了冯阿訇。我挣脱母亲的手，飞跑到冯阿訇面前，敬一个礼，说："阿訇您好！"

冯阿訇被突如其来的礼遇感动了，父母对我的行为也满意。阿訇问"几岁了，学习好吗"这些问题，我不言语，全由父母作答。

"走吧，"母亲说，又向阿訇解释，"我们上街。"

"好，好！"阿訇说。

"不。"这是我在心里说的，我紧握着阿訇的手不动，在心里说，"你们上街吧，快走，走得越快越好。"

父母见我不走，有些尴尬。他们觉得我平时并不是这样，说："走啊。"

"不！"我开口告诉他们。

阿訇笑了，用慈蔼的眼光征询他们的意见。

"走啊！"我爸几乎要发火了。

"快走啊！"我姐很急躁，她要为"六一"买一条裙子。

"不！"我紧紧握住阿訇的手。

我爸谦卑地向阿訇笑一下，说："阿訇，这孩子没礼貌。"

阿訇说："很好啊。"

我爸把我的手拽开，夹在肋下上路。我不禁涕泣，双脚踢踹，把一只鞋子甩到渠水里，另一只甩到白菜地深处。我姐姐不得不下水并猫腰在菜地里寻找。

那天，他们疑惑不已，互相探讨："这孩子到底怎么啦？"而我，拒绝了他们给我买的小人书、山楂冰棍以及上公园看熊等所有诱惑，心里只有美丽的葡萄园。

葡萄园

栽种葡萄的人双手伸向葡萄，像给产妇接生。他踩在高高的凳子上，手上的静脉隆曲，像通向葡萄身上的细小的河流。

这双手被阳光晒得褐红。手伸向葡萄时，人觉得他的手的内部不再是骨头，而有葡萄嫩绿的肉和汁液。手把汁液输给了葡萄，或者葡萄把肉和汁水输进了他手掌。

每一串葡萄都是倒悬、甜蜜的金字塔，我喜欢看小孩把葡萄摘下丢入（不是送进）嘴里。他们一定嫌自己的嘴小，不然可以一下丢入二十粒。甜在孩子们的舌面上泛滥成灾。

是谁让葡萄长成倒悬的金字塔？葡萄粒的排列好像包含着深奥的数学道理，这个道理只能来自阳光。我们仅感到阳光的温暖与酷热——这是就它辐射的红与紫外线而言，人类还没从皮肤上领悟阳光所包含的甜（糖）的道理、让青草变绿以及让花变红的道理，更不了解阳光里面代数与几何学的道理。人类没有阳光的解码器。

我不止一次想到，葡萄就是精灵，它比山楂和枣都像水果王国的精灵。它们水晶般的紫，如绿玉蒙一层白霜。它们一粒又一粒挤在一起，如看戏的黔东南妇女。它们没有枝，只有藤。透露它的精灵底细的是酿酒，如特朗斯特罗姆所说—— 一瓶才华横溢的白兰地。

葡萄酒何止才华横溢，它像丝绸一般流淌，像栗子一样暴躁，像诗歌那样彼岸，像密探一样难以捉摸。红酒，是葡萄的转世灵童。葡萄里的阳光在酒里变成月光，完成了中医师常说的阴阳转化。葡萄的须如蛇吐出绿色的信子。葡萄，谁说你不是精灵。《西游记》里为什么没写一个葡萄精呢？这是吴承恩的失误。

人说，葡萄不仅吸纳了天空泻下的阳光，还吸纳了更神秘的从海平面反射过来的阳光，后者把葡萄粒的底部催熟。如眼珠一般的葡萄肉透过紫色的胞衣看太阳，看它从东方升起，变为傍晚的夕阳。葡萄觉得太阳是一粒起火的葡萄，它的上升、降落不过是为了与葡萄对视。

雨后出现月亮的夜晚，葡萄在宽大的叶子下偷偷发光，那是雨水流过时葡萄粒在眨眼。秋天，葡萄的白霜上留下人的指纹。在安塔卢西亚收获葡萄的季节，酿酒厂的工人在大池子里赤脚踩踏葡萄，稀烂的紫色汁液沉没他们的双脚。他们的脚多快乐、多罪恶，脚因为没有舌头而遗憾。最高兴的是那些儿童，他们光着身子在葡萄汁肉里奔跑、打闹、尖叫，被别的孩子推倒在紫色汁的海洋里。人间的享受数不完。

种葡萄的人只知道世上一样东西——葡萄。他们看葡萄、拎着葡萄、用手托着葡萄，葡萄里藏着他们的口水。

他们把葡萄皮像小帽子那样包在手指上，他们的脸最后像葡萄干那样起皱，还是没明白葡萄到底是什么。它们为什么甜？为什么一粒挨着一粒？为什么是倒悬的金字塔？为什么酿成才华横溢的酒？

精灵逃逸

我觉着好东西分为两种，一种好而本分，始终如一；另一种，由好脱身，变成另一种的好。

譬如，桃子是第一种好东西，后一类如葡萄。葡萄在水果中本来就属异类，浆果藤生，如眼睛一样挤在一起，累累成串。小时候的图画课，我爱画葡萄。密集的圆圈由上到下构成葡萄串，第一排五个，第二排六个，第三排七个，然后递减，五、四、三排，最后画两个和底端的一个圆圈，添两片叶子。叶子像牵牛花的叶子。这是什么？大家都说——葡萄，可惜不能吃。丢一粒扔进嘴里，嚼嚼，“噗”地吐出皮来。

葡萄不仅是葡萄，还是酒。说它有精灵附体，由此物逃至彼物，比原来更神奇。土豆的命运是被洗干净，切开，与鸡与豆角与牛肉共炖一锅，或加盟肯德基的土豆泥联盟。它能逃走吗，逃走后变成了什么？土豆酒？当然不能。桃子虽然也能酿酒，但没有葡萄这么飘逸，可干邑，可威士忌，干白而干红。你觉得葡萄是酒国的王孙，到处作秀，所向披靡。它把地中海的阳光藏起来泡在酒里，把波尔多的露水藏起来掺进酒里。葡萄其实是一个小偷，在酒里藏了好多偷来的东西。它不仅偷东西，还不贞洁。不贞洁也算是一种偷吧——葡萄酒和橡木桶幽会，生出孩子交给路易十几寄养。看呀，葡萄干了这么多佻薄事，人们却说，其味绕梁三日，萦曲心怀。这就是精灵，做了坏事却不受责备。

安塔卢西西的诗人希梅内斯写道：

“从鲁塞纳、阿尔蒙特和巴洛斯来的驴子，它们驮着金黄色的液体，排着长队，一小时一小时地等着到酿酒作坊卸货。葡萄汁流了满街，女人和孩子拎着瓦罐、土瓮、小壶跑来。

那时候，酒坊里充满了欢乐，普拉特罗。尤其是狄斯莫的酒坊。你瞧，大核桃树下那家酒坊，人们一边用水洗刷，一边高兴地唱着民谣。工人们光着脚，扛着一桶桶葡萄汁，时而晃动，流出泡沫。远处传来桶匠的敲打声，刚刚刨下的木屑散发芳香……我从阿姆斯特朗的前门走入，从后门出来。两扇门快乐相对，在酿酒人的爱抚下，各自光彩焕发……”

我的引文有一些长，可看出葡萄的精灵如何从这里逃到那里。葡萄不过是水果，而酒——酒是什么？它有灵魂与风格——成为葡萄的不沉之舟，它们借此又活了一生，现在的话叫“提升”。在酒里，人们悉知葡萄的性情，它们调皮、任性、纵欲、安逸、高贵、狭促、温暖、体贴，像有人习惯说的：想不到，原来他是这样的人啊！葡萄就是这种精灵。

沙果

沙果还叫什么名字，不清楚。葡萄有无数别名，如雷司令等等，而沙果只叫沙果。一事一物进入学问境地，就有俗名与学名。拿中国北方的鸟类说，树串儿的学名叫黄眉柳莺，拉丁名 phylloscopus inornatus，比电子信箱还复杂。练鹊的学名叫寿带，拉丁名就不写了，太啰唆。从博物学观点说，一物没有拉丁名，就不算是东西，或曰世上没这样东西。美国虽说是创新国家，正规大学的毕业证书、学生致辞，亦用拉丁文，至上世纪六十年代中期止。人也有俗名与学名，二狗子即张国栋，铁蛋乃赵长江，只缺拉丁化。而沙果就是沙果，质朴到家。“沙”，北方话是形容词，与“脆”相对，说口感。而“果”便是果，不是瓜枣菜蔬。

洗好的沙果放进盘子，隔日生出瘀迹，像被人揍了一顿。人遭殴之后有“青一块，紫一块”之相，是软组织挫伤，毛细血管破裂，自身无法吸收呈现的现象。沙果没毛细血管，更没得罪人，何故？此谓氧化。

氧化，是十分好玩的词。我们所说的“衰老”，医家称之为氧化。“老”所以无法被制止，是器官——不光皮肤，包括血液细胞——无时无刻不在氧化之中。“老”是一个不准确的词，氧化才指出事的本质。当病理学家指出某种东西具有“抗氧化”功效时，譬如维生素E、红酒、蜂蜜等，等于说它可以减缓“衰老化”的过程。

有一次，和一位从日本回来的医学博士饮酒作乐。席间，我出喟叹，曰：“这几年俺氧化得挺厉害！”海归博士听了，先笑后呛，嘴如喷头一样将啤酒扑出，使其邻座沐浴。我问：“说氧化不对吗？”博士用餐巾揩邻座人西服，说：“对是对，没这么说的。”

跑步提高抗氧化能力，烟酒乃至膏粱厚味促进氧化。人和人，比的不是不氧化，而是谁氧化得慢。人称赞人：“多年轻啊！”用科学的术语说，即谓：“多不氧化啊！”或者：“跟没氧化似的。啧啧！”

不光有机物氧化——人当然是有机物——无机物也氧化，铁，甚至水泥也由于氧化的原因失去了原来的性质，老百姓叫“到时候了”。水泥是无机物，泡在红酒里也氧化。人泡在红酒里或用红葡萄汁洗澡，也阻挡不住老。外在的东西只起到减慢的作用。然而生活的道理不在有无之中，而存快慢之内。

沙果氧化得很快，每一个都像打过群架。它们比不了人，以精密的血管网络运送养料及排出废料，人之脸色因而比沙果好看一些。我最近看了一些回忆录，胡适的，胡蝶的，还有美国前总统胡佛的。看完，想他们说这说那，主义呀，境遇呀，纷纷攘攘。到底说什么呢？套用鲁迅的话说：我横竖睡不着，仔细看了半夜，才从字缝里看出字来，满本都写着两个字："氧化"。

氧化吧！去旧可以更新。

糖梨儿

到秋天，吃到象牙黄的小糖梨儿时，想起一句成语：吃人不吐骨头。想到时，刚好把核桃大的梨儿吞入，嚼两嚼，将把儿拽出来扔掉——不早也不晚，想到这句成语。小糖梨儿是果皮包着的一口梨粥，无渣无滓，核也是软体，用不着吐。想到的这句话，学自小学课本，好像是《收租院》，说地主老财吃人不吐骨头。那时，闻而惊骇，不吐骨头？印象非常深。当然，这是一个比喻，但老师没说比喻，说就是“吃人不吐骨头”。这样，语文课变成了生物课，言说猛兽对弱者的吞食。后来领悟了这句话的政治含义，即私有制的残酷，刘文彩、杀害英雄少年刘文学的地主和砍雷锋手背的地主婆吃人不吐骨头。

换一个话题说，北方的水果多有硬核，瓜无核却有籽，不吐不快。习惯之后，遇到稀软的糖梨儿囫囵吞之，也喜人。当然我吃东西比较狼虎，斯文人还是吐核，至少把小黑眼珠似的梨籽儿吐出口。然而他们吃的时候，也想不起什么成语佐餐。

“糖梨儿”而不写成“糖梨”，是两者在北方话里发音不同。在许多情况下，北方话对较小的什物，有称谓上的儿化：糖梨儿、大枣儿（枣虽称大，实小，如老疙瘩是家里最小的孩子一样），还有小崽儿、小猫儿、小米儿、小鸟儿。大的东西，如鸭梨就不能叫鸭梨儿，不中听。那么大的梨，能叫鸭梨儿吗？不能。

有的南方人以为北方人说话随便儿化，非也。譬如，北京旧有九门，崇文宣武不一，其“门”的后面均不能加“儿”——“天安门儿”，不像话，让北京人听了叹气摇头。而九门之“西便门”，读时必须加“儿”——西便门儿。此“门”不“儿”也让北京朋友笑话。南人对儿化音头痛，发此音不得要领，拎勿清、捣糨糊。究其实，“儿”音没什么了不起，舌头直伸，嘴开舌缩，“儿”也。有些人把“儿”读如“厄”，舌形对，然而鼻腔未打开，如豫北方言。所以儿化之前，先要通鼻子。有一个地方的人说不出“儿”音，在胶东。我爸的朋友车大爷，即我妈说的“老车同志”是此地人，常对我爸说“我一无亲，勒无友，你是我的亲弟弟”。他所说的“勒”，即数学的“二”。车大爷还说“阿勒巴尼亚”。最让他口舌窘迫的地名是“二连浩特”，车大爷开车去那儿拉牛羊皮革，说“勒连浩特那勒人实在”。掉一下书袋，“勒”（二），实为齐地的古音读法，当年孔子孟子都这么言说，像车大爷。

古音令人着迷。诵读唐玄奘法师用汉字记录的佛经，如《大悲咒》，今古读音已大不同。经中的读音有梵语和唐朝读音，如：罗读赖，夜读亚，阿读窝，曳读谢，吉读揭，等等。听和尚以古印度语和唐音诵经，心明眼亮，气象万千。

唯一的橘子唯一的灯

有一次，我从北陵大街经过一座桥回家。在桥上，偶然发现一个生动的画面：拓宽的河堤上，新鲜的黄土堆出阔大的斜坡，一个橙色的圆点从上面缓缓下移。那时是暮冬，在铅云与枯树的背景下，黄土以及上面的杜红非常抢眼。仔细看，才知道这是一个穿橙色衣裤的孩子在堤坝上滑行。

我很感动，好像体味到一种深远的寓意。想了想，又好像见过这场面。一路上，回忆在哪里见过此景：黄土大堤上的橙衣小孩儿，没有。我很奇怪，记忆似乎又与什么东西串笼了。

那天随手闲翻一本油画集，有幅画差点儿让我跳起来。

《唯一的橘子唯一的灯》，作者是奥地利的衣贡·席勒。这是一幅铅笔水彩。

画面简洁，床、墙壁与门都未敷色，淡黄调子，在赭石色的衬布上放一只橘子。席勒将这只橘子诗意地称为“灯”。我第一次看到这幅画时，曾感叹作者的内心多么岑寂，珍惜着来自外界哪怕是一点点的温暖。这种感受进入记忆之后，竟然一直活跃着。它一旦与生活实景的相似场面相遇，就会跳出来，如北陵大街桥头的一幕。我在桥头看到缓缓下移的橙衣小孩儿，心里也生出无端的伤感，仿佛替这孩子的寂寞忧伤。可见艺术品潜入人心的时候，场面中央带着情感，不同于实景。

席勒短命，不到三十岁便迈入天国。他是表现主义鼻祖克里姆特的学生，具有卓越的线描才能。他笔下的人或物一反克里姆特的唯美，线条在惊人的准确中艰涩、打结、抖颤，表现人物的手与脸时尤如此，活画出人心深处的焦虑。也许是维也纳心理学派的影响，席勒比其他画家更逼真地反映了人类具有神经症特征的内心惊惧。席勒又是一个受到东方艺术影响的画家。正如克里姆特深浸于日本的浮世绘，席勒笔下偶尔会有中国画的意味，他的《带金钟花的李树》与《向日葵》（布上油画，1909）画面上可以看出朱耷的意味与张力。当然，在淡泊宁静的中国画的领地里，席勒只是身影一闪的旅人。他的内心太不平静了，与东土的笔墨意味并不相容。席勒以粗放的绘画语言真率地表达的敏感与困惑，让观者内心久久不能平静。在《唯一的橘子唯一的灯》里面，你可以感到那只橘子在呼吸。它渴望过、憧憬过、哭泣过，像他纯真美丽的妻子伊迪丝。

翻画时，我对未来寄寓过一个幻想，希望有一天会遇到黄土大堤上的橙衣小孩儿，把这幅《唯一的橘子唯一的灯》送给他，说当年的感想。也许那时我已衰老，而他健壮年轻。这人拿着画惊讶地说：“是吗？当年会有这样的事……”

生活所以值得留恋的理由之一，是我们能够挽留并重温一个已经逝去的旧梦。

蜜的秘密

我们在花里看到的是花瓣，是美人意态和飘零。蜜蜂在花里看到了蜜。

蜜在哪里？

娇嫩的花蕊生在花的中心，像蛇信子、像微型豆芽、像海洋生物的手足。哪里有蜜？花蕊的冠上有一点点花粉，这是蜜源。世上所有的蜜都来自如此稀少的花粉，蜜蜂把它们酿成蜜。

人在世上浑浑噩噩几十年，不明白的事情太多了。比如曾经吃过蜜，却说不清什么是蜜。

蜜何止于甜？它是成分复杂的能量，也是生物体。蜜纯净如琥珀。我宁愿把琥珀看作是远古蜂蜜的结晶，我希望它是蜜的化石，切成一个戒指面戴在手上。蜜抱着手指睡觉，手隔着银子甜。

蜜的汉语发音轻柔甜美，吵架时用不上这个词。你蜜，听上去不狠。

蜜是世间最神秘的东西之一，它不同于纯朴的粮食，要去壳碾压，要煮熟果腹。蜜从蜜蜂（的嘴里、肚子里，哪里不清楚）那里到人口中，融化了一个甜的秘密。它和舌头如同情人一般相遇并相爱，缠绵不已。蜜在前生前世就知道人想蜜，知道舌爱蜜，最神奇的是蜜蜂知道蜜在哪里。只有蜜蜂知道花里有蜜。

花多干净。我们以为花仅仅负责人间的美，人把花的图案印在布上，雕成花放在房檐上，故宫影壁墙上刻着琉璃的荷花。花迎风摇摆，一如有情。花临水揽照，一如幽怨。花不语，人却从花容里分明看出了笑容。而花竟是蜜蜂的粮仓。蜂没吃掉花、没嚼碎花却采到了蜜，蜂从美里找到了粮食。

对人来说，蜂蜜提供热量、愈合创面、止痒、解毒、甜。对蜂来说，所谓蜜是它一生的事业和负累。除了采蜜，蜜蜂什么也不会干，不会打猎，不会吃草。可是，会采蜜的生物什么也不需要干了，采蜜已近于天使，无须会其他技能。

在蜜蜂面前，我每每自惭形秽，我会的手艺虽多，肚子里却没有一滴蜜。我也没见过其他肚子里有蜜的人。所谓甜言蜜语都是干坏事之前的铺垫，肚子里也没蜜。即使蜜蜂像法国地铁工人一样罢工，不再酿蜜，它的形态也令人敬重。金黄色带黑条纹的肚子有一些豹的不羁，又生出透明的翅膀，上有河流般的网格。翅膀是蜜蜂的代步工具。它如此辛劳，上帝让它再辛劳一些，给它安了个翅膀。众所周知，长翅膀的生物没有哪个懒惰，不停地飞啊飞。人的懒，原因之一是没翅膀。人若插翅，会加速户籍制度的灭亡，不亡也无用，人已飞了。海关的设立、边检站的设立、护照、飞机、汽车乃至婚姻制度的存在，皆因人无翅膀。有翅之人还坐什么飞机？办什么护照？结什么婚？打一圈麻将的时光，人已飞出好几个县。就算胖人，也飞出好几个村子了。借别人钱的人，永远不用还，一飞了之。人长了翅膀，无须买房，谁家房子好，上他家房檐住去。唯人心念太多太杂，上帝不让人长翅膀，让人膜拜车和房，让他们认为刘翔跑得很快。

蜜蜂像手脚沾着面粉的女人，沾的却是花粉。它们说不出话，用翅膀代替嗓子，“嗡——”蜜蜂一辈子只发这一个音：“嗡”。别人以为它还接着发——“嘛、尼、叭、咪、吽。”蜜蜂止语，只“嗡”，“嗡”的意思是热闹，热热闹闹，办采蜜这么大一件事，不可能一点声音都没有。蜜蜂带着它的花肚子，藏着它的暗刺，翅膀扇出人之视网膜识别不出的频率，在花丛蹀躞徘徊。

人在槐花里待一天能让香味熏死，蜜蜂却清醒。那些枣花、荞麦花、苹果花、黑莓的花，是蜜蜂一生的工作车间。它在花里度过匆匆忙忙的一生，它知道花瓣的质地、花蕊的弹力、露水的深度，它手脚并用搬回来蜜。蜜蜂用太阳光照的夹角计算自己的路程，它从带白绒的叶子上听到植物的呼吸。

蜜的秘密无人知晓，人们吃掉蜜忘记蜜的味道。除了吃喝玩乐，人会忘记一切。蜜蜂在劳动中、飞翔中、睡梦中忘不了蜜，它把蜜安放在蜜的位置。它继续飞，风告诉它花的位置，太阳与它复眼的夹角告诉它返程的路线，蜜蜂“嗡”遍了天涯海角。

资讯说，农药，特别是除草剂已让蜜蜂越来越少，蜂类无法抵御化学制剂的杀伤力。资讯说，移动电话的基站让蜜蜂的巡航系统失灵，蜜蜂找不到回家的路而死在尘土里。

人说，蜜蜂死了，人就吃不到蜂蜜了。实际上，现在没几个人吃过真正的蜂蜜。蜜蜂并不为让人吃到蜂蜜而活着，正如它们没想到因为农药和移动电话基站而死。连续三年，我家门口小花园的蜜蜂一年比一年少，世间将失去这样一种美丽的、无害的、会制造甜蜜的小精灵了。孩子们将在课本里像认知恐龙一样认知蜜蜂，好像它是“三国”人物。

看芒果

七十年代初，赤峰街最强大的传媒不是报纸，而是“毛泽东思想宣传车”。车是“解放牌”卡车，上置四五个大功率高音喇叭，稿子由播音员坐在驾驶室里念。宣传车“突突突”开得很慢，在街道往返巡行，所有人都听到了播送内容。比如召开九大的公告、开除刘少奇党籍的公告，还有毛泽东的“最新指示”。

在我印象中，宣传车最温情的一次广播——与阶级、路线斗争无关，与我们有关的大喜事——是说毛泽东送给我们一只芒果。这事现在说起来也难以置信，毛泽东为什么送给我们一只芒果呢？为什么是芒果？我现在仍然糊涂。

宣传车广播：特大喜讯，我们心中最红最红的红太阳，伟大领袖毛主席给我们送来了一枚芒果，这是对边疆儿女最大的支持、最大的信任、最大的鼓舞、最大的鞭策……

在“文革”中，“我们”这个称谓是不确定的，大到除地富反坏右之外的六亿五千万全体中国人民，小到一起上学的两个人，都是“我们”。宣传车说的“我们”是谁？

是赤峰吗？我们听了之后，心里扑腾扑腾跳起来，难道毛主席给昭乌达盟人民送来了芒果？这个消息太突然，太巨大了。

那些天，我们天天议论芒果，盼望看到芒果。赤峰如果有了这枚芒果，就有了开天辟地毛泽东所送的第一样东西。我们——这个“我们”是天天从钢铁大街上学放学的六七个人，包括我——研究什么是芒果。是忙果吗？肯定不是氓果，后来看到标语，才知道是芒果。还有，芒果是水果吗？世上的水果除了苹果、鸭梨、山楂、柿子、葡萄、大枣、黑枣和酸枣之外，还有芒果吗？我们从未听说过。因为这是毛泽东送的礼物，谁都没敢以“吃”的念头在心里亵渎它。那么，芒果运来之后做什么用呢？芒果是什么做的，是长的吗？这些问题非常迷人，越琢磨越多。

有一天，学校通知我们，列队去火车站迎接芒果。我们（街里人民）列队于赤峰最笔直的昭乌达路，那是哪年忘了，好像是1968年，有人说是1965年，是在夏天。昭乌达路两侧排列密集的人群，伸长脖子等着看芒果。我们想知道芒果有多大，有人说倭瓜那么大，太小的东西，还值得领袖送吗？

芒果莅临前，宣传车又播送了一个详尽的公告，解答了我们部分疑问。说，这枚芒果是江青同志代表毛主席送给昭乌达盟二百八十万人民的，向反修前线的军民表示慰问。又说，芒果是非洲朋友送给毛主席的，毛主席委托江青送给了赤峰人民。这证明毛泽东知道赤峰，这是最让我们奔走相告的一件事。我们觉得，赤峰偏得芒果而其他地方，如上海、广州没有，是因为我们处在反修前线，往北就是陈兵百万的苏联社会帝国主义的地界了。正像有一位代表说的："赤峰人民有了这枚芒果，就有了一枚精神原子弹，精神氢弹，足以战胜任何来犯之敌。而美帝国主义、苏联社会帝国主义分子听说赤峰人民拥有毛主席亲自送的芒果，已被吓破了胆，就算借他们一万个胆，也不敢踏上赤峰土地一寸。芒果在赤峰放一天，毛泽东思想就闪耀一天，反动派就恐惧一天，人民群众就欢乐一天。战无不胜的芒果将和我们一起打下一个红彤彤的天下，和我们一起迎接共产主义的到来。"

这番话是他在后来的群众大会上宣读的，这里提前抄下。正像他所说的芒果闪耀毛泽东思想的光彩一样，我们曾研究并认为，芒果是夜光的。为什么是夜光的呢？它专门供人学习，夜里也不能歇着，专门处理过。

话说宣传车在昭乌达路来回广播了几遍之后，静默了。过了很长时间，宣传车突然高喊："毛主席万岁！"声音高亢异常，这是男声。紧接着的女声一听就是含着眼泪喊："毛主席万岁！"我们知道芒果来了，被宣传车的声音感染得流下眼泪，手舞语录本齐喊毛主席万岁。哭的情绪在女生中传染得最快，她们个小，站前排，几乎哽咽地喊"毛主席，万岁！毛主席，万岁！"，我们的身体被热烈的情绪憋得难受，哭才好受一点，心里就觉得幸福。

在我们泪眼模糊之际，芒果车来了。几台军用吉普车开道，一个敞篷吉普，车上站一个标致的军人，手端一个玻璃罩，里面有个黄东西，一闪过去了，估计这就是芒果。怨只怨泪水流得太多，没看清芒果什么样，黄的，这看清了。扁的，也看清了。约有手掌（不算手指部分）那么大。

毛泽东送来的芒果终于来到了赤峰，我们有了新的话题。芒果放在哪儿呢？估计是三个地方之一：军分区、盟革委会、盟宾馆。军分区最有可能，芒果需要保卫。谁也没看清拉芒果那个车开到了什么地方，但觉得军分区司令和盟革委会主任是最幸福的人，他们正站在玻璃罩旁边看芒果呢，想看多长时间就看多长时间。高兴了，晚上还可以披衣去看。当然，芒果玻璃罩边上有两个或许四个持冲锋枪的战士日夜守卫芒果。

过了三四天之后，全市民众在昭乌达体育场召开大会，宣读了给毛主席的致敬电，感谢他老人家送给我们芒果。各行各业代表都在会上做了发言。芒果没到会场，再看一眼的愿望落空了。

我们还讨论过一个问题，这是激动的主要理由。那个年代，是我们（人民）给毛主席送礼，这回赶上毛主席给我们回礼了，真应了“万万没想到”这句话。我们送给毛主席的礼是成车的玉米，玉米堆上摆着大红花；新造的机器，多了。礼包括新揪出的反动派。那些成车的庄稼和机器在街上转一圈，拉回各自单位。这也不算骗毛主席，表达一个意思，算送了。毛主席以往都没回礼（我们给他的礼也没真拉到中南海），这回毛主席给咱的礼物可是真的，不能不让人赞叹。宣传车又说，美帝、苏修听到毛主席给赤峰人民送来芒果，已经恨得咬牙切齿。我们知道，这个芒果击中了各国反动派的要害。他们再不老实，毛主席（不用多）再送几个芒果，美帝、苏修就活活气死了，世界人民全得到解放。

我们得到芒果接见是在夏天。冬天的时候，赤峰二中全校集合，让我们再一次瞻仰毛主席送的芒果。大家又沸腾了，我缺的就是真切地看一眼芒果。我们思芒果想芒果，几乎就要忘了这件事，工宣队把芒果招来了。工宣队长（代理校长职务）说，看芒果可以坚定我们把无产阶级“文化大革命”进行到底的决心。这一回，芒果放在操场的一张桌子上，还在玻璃罩里。大家列成一排，从桌边走过，稍微多看一会儿也是可以的。我清楚地看到了这枚芒果。

玻璃罩是胶水粘的，正面有红太阳放光芒的图案，太阳上方是毛主席穿军装像，以木刻方法红漆喷上去。芒果卧在绛紫色金丝绒上，金丝绒下面有红漆木板。芒果扁放，柠檬黄，有皮，如牛腰子形。我们依依不舍看到了芒果，兴奋度却有所减弱。因为工宣队长会后宣布，芒果将永远放在赤峰二中，世世代代传下去。我们没感到激动反有些意外，毛主席没说给赤峰二中一个芒果啊？工宣队长说，不管以后发生什么事情，山崩地裂、海枯石烂，我们都要用鲜血和生命捍卫这个芒果，只要芒果在，红色江山就永不变色。

我们在下面互问：这是毛主席送的芒果吗？

我们把疑问告诉了班主任，也是政治老师白翠玉。白老师是女的，很和蔼，说毛主席把非洲朋友送给他的芒果转送给了全国人民。

送出这么多？这简直是兜头冷水，我们以为毛主席只给赤峰人民芒果呢！

有人问：咱学校的芒果也是毛主席给的吗？

白老师严厉反问：你说呢？

那人吓缩头了。

又有人问了一句最蠢的话：芒果能吃吗？

白老师眼里分明蹿出火焰，问他：你敢吃吗？嗯？你要站稳阶级立场。

这人解释，我没说毛主席的芒果，问芒果。

白老师提高声调，精神原子弹是吃的吗？

不管精神原子弹能不能吃，我们学校有了一枚芒果，把芒果的威力给削减了。再往后听说，赤峰三中也有一枚芒果。这使我们想，毛主席到底送了人民多少芒果啊？没人告诉我们确切数字。

三年后，我随父母去五七干校，转学到红山水库边上的辽建三团人民子弟学校读书。有一次，我到李校长办公室交作业，看他柜子上放一个芒果，也带玻璃罩。当时我挺傻，说：这是我们二中的芒果吧？毛主席送我们的。

李校长的表情我现在还记得，是那样一种淡然矜持，他后来被抓起来了，跟女学生搞破鞋。他说，这个芒果哪都有。

哪都有？毛主席送的东西哪都有吗？最反动的是他下边说的这句话：芒果是蜡做的。

他这话的反动不在蜡与不蜡，他把少年人心中的神圣之火浇灭了。过了好多年，我想李校长说的也是，芒果如不是蜡做的，不早烂了吗？但毛主席为什么送我们蜡做的芒果呢？非洲朋友送给毛主席的芒果是蜡的吗？迎接芒果大会上，领导传达江青的话，曾有一句“这芒果，主席没舍得吃”。蜡做的怎么能吃？

从我第一次见到芒果，逾三十年，约在十年前，沈阳街头出现了芒果。水果摊上的芒果越来越多，叫什么“象牙芒”什么的。我最接受不了的场景是芒果堆在地下，喊“十块钱三斤，便宜啊”。芒果从冬到夏堆在我跑步的路上，我不忍心看到它们。在我心里，每一个芒果都应该待在一个玻璃罩里。

洋葱的衣服

白　菜

说到白菜，我想到了一群女人。我印象中女人总是成群结队，像花朵成群结队，云朵成群结队，而白菜们也整齐地排列在一起。它们微胖，随和、世俗、老了之后仍然是一棵白菜。

如女人一般的白菜是母亲们。许多少女变成母亲之后，心里突然涌出大量关于家务的话语，如大江之水滔滔不绝。这些话不像是学来的，仿佛早就藏在她们心里，等待打开闸门。那是对于孩子、食品、衣物等一切的描述与感受。批评家经常提醒作家写作多注意细节（这是多么好笑的一件事），母亲们对于家务的描述倘若没有细节就一句话都说不出来。她们所说的都是自己与听众可以看到、摸到、闻到和听到的一切，全是细节。而白菜假如有一天突然学会说话，也会快速地、琐碎地叙述厨房的一切，关于粉条们、酱油们、暖气热与不热，也全是细节。

捱过冬季的白菜，在春天里消瘦了一些，外皮不鲜嫩了。我觉得这像母亲们又添了十岁。皮不嫩了，但白菜仍然水分十足，像母亲乳汁充足。谁也不知道母亲的奶是从哪里来的，不来自血管，也不来自肚子，没看过她们携带奶囊，但有了孩子，乳汁便源源不断。白菜亦如此，以水养人。白菜里除去水，还有什么？水是最好的东西。白菜并没有创造水，它把水从大地吸出，加上淡淡的白菜的味道和淡淡的白菜的养分，如此而已。

白菜可能是最缺少人类讴歌颂扬的菜蔬，好在它不需要人类颂扬。它众多、无味、出身平凡。在我看来，这全是优胜禀赋。人类自古即有刁钻癖，以为食物得之愈难愈珍贵，如取悬崖上的燕窝，拿牛结石和狗结石当药，吃鲶鱼须子。然而把他们养大成人的还是粟米白菜。白菜无味最高明，味是岔路，辛者、甘者、辣者都走在一条偏路上。花椒偏得更远，连虫子都不生。白菜懂得中和之美，比无味只多一点点味，可能是甜，也可能是清香，仅此而已。自古未见吃白菜吃死的人，其他食品食之过量均可毙命。白菜不发旧病，不与鱼虾搅和，不傍厚味成名。白菜进了锅里还是原来模样，它不觉得变成其他样子会更好。白菜朴素，堆在墙角的白菜像会笑。蔬菜自有蔬菜的表情，以人的观念看，青椒怎么看都像气歪了鼻子，而且是外国鼻子。豆角在模仿狗的脊椎；芹菜身上藏了许多琴弦；南瓜在模仿儿童的灯笼；葱的叶子中间进了空气；大蒜是裸体者挤在一起祷告。白菜丝毫不古怪，从根上长出一片菜叶抱住菜心如此而已。菜帮如臂膀，一层层抱紧，护住嫩黄幼小的菜心，其他没什么可说。如果哪一样物品像白菜，兹证明它平凡中正之极，让人说不出什么。说不出什么的东西大都得道，可得恒常。

白菜的名字亦平凡之极，找不出比它更白的名字，一白一菜，说的都是本源。龙须菜、鸭掌菜之名是比附，它的命名由人发现了龙须和鸭掌之后而来。被比喻是不幸的，即使被比喻成太阳也很不幸，至少可笑。白菜的名字里没有比喻，如江河日月都不是比喻，它们是原初之物。有人从白菜中发现了“百财”的谐音，商人们便把树脂染色的白菜雕塑放在案头，变成艺术品。更早些时候，故宫里有翡翠的白菜蝈蝈摆件。然而，即使翡翠上身，白菜的形态仍然没增添富贵气象，依然平凡，只不过闪出白菜发不出来的石料的亮光。

白菜最外层的叶子如同它们的劳动服，它们即使躺在角落也有一副劳动的样子。白菜与粉条熬的汤看上去有如艺术品。清汤里面透着明白，透着淡味和长久。挑食的人或许拒绝南瓜、芹菜、辣椒，但没人跟白菜赌气。常年不吃白菜的人显然会缺少一种叫白菜的营养。这一种营养叫作淡、叫平易、叫地气、叫实在。

我看到白菜会想起那些扎着围裙在灶台做饭、刷碗的人，那些在土路上行走、在墙根蹲着晒太阳的人、那些坐乡村长途汽车的人。他们破旧的外衣包着充满活力的身体，适应各种各样的目光。在零工市场找活儿干的民工从不在意你目光里的评价，他们只想从你目光里猜出一样工作——刮大白、刷油漆还是搬家。炒作的新闻里没有白菜，白菜影响不了股市与经济走向。白菜是菜里的泥土，普通之极。它长在地里的时候，蓬勃的叶子也像怒放的花，层层叠叠。白菜一直都把自己当成漂亮的、常开不败的花。

苦 瓜

跟所有瓜类唱反调的瓜是苦瓜。在一条以甜划分的河流上，甜瓜在此岸，苦瓜在彼岸。

甜瓜是热闹集市、是锣鼓队、是合唱团。它们的高音是甜，它们的铜钹和鲜艳衣服是各式各样的甜。甜像神秘的地河被甜瓜吸到它们橘色白色红色的瓤里。如果说大地上有珠宝，甜瓜难道不算其中一种吗？假如世界上甜瓜变得稀少，每个县区只生产一枚。那么，有钱人会拿着无味的黄金翡翠排队去换这个甜瓜，他们舍不得吃，捧在手里照相。算命的人会说得到甜瓜的人本有三世祖荫，自己精进修行也得到这样的福分。他的面相和掌纹都预示他是一个配吃甜瓜的人。甜瓜嘻嘻哈哈，它糊里糊涂弄了一肚子甜水，科学把它的甜称之为糖分。玉米面、白面和大米里都有糖分，但它们不甜。不甜就算不上公众人物，就像在国外读完博士不回国就显不出尊贵。针对舌头的甜才算糖，不甜就是明珠暗投，就没有身份。西瓜、香瓜、白兰瓜、伽师瓜、哈密瓜、蛇皮瓜，它们甜成一片，秘密酝酿一个天堂，让舌头不知所措。甜瓜让苹果、鸭梨为自己甜度不够而感惭愧，瓜们滚瓜溜圆，在瓜果摊子上睥睨众生。瓜看熙熙攘攘的人流，想他们无非是想吃瓜而吃得上与吃不上的人，世上无非这两种人。瓜分不出人之男女贫富，它只知道有人吃过瓜，有人没吃过瓜，如此而已。

苦瓜是另一回事，它走得太远。苦瓜比南瓜、丝瓜、黄瓜、角瓜走得都远。它天生具备黄连、黄柏这些黄字辈家族的禀赋，在大地里找到苦，揣在了身上，仿佛走夜路的人在身上揣了一把刀子。苦瓜认为苦才是世间正味。万物活下去的底色是苦，能喘气的、能生长的生灵，陪伴它们一生的苦而非其他味道。所谓甜是幻象，是舌头编造的谎言。甜跟舌头的关系比跟糖的关系更密切。人把轻浮的甜瓜抱在怀里，怀没觉得甜。手拿甜瓜，手也没甜。秤与甜瓜打了一辈子交道，却不知甜瓜哪里甜。万物相互依存，所谓快乐只是因缘偶合的结果。舌头宣布的甜只是舌头的结论。除舌头外，谁也听不懂它的味觉语言。

犹太人对刚刚懂事的孩子布道，先说人生的本质是苦，他们说教育的真谛是接受苦，而不是改变苦。接受了这种观念至少可以远离抑郁症，把人生遇到的所有磨难看成无法避免并理所当然。犹太人的想法也是苦瓜的想法。苦瓜生活在苦里，所以感受不到苦，它从未受到甜的绮靡诱惑而感到焦虑。苦瓜以为苦乃中正之味，清热解毒。甜是浑水、苦才是清水。我小时候听广播老听到一个日本人名为清水正夫，率领日本松山芭蕾舞团来北京表演芭蕾舞剧《白毛女》。清水清澈，人在苦里也清澈，思考能力被苦激活。所谓思考在神经学表述里被称为判断力，即自己给自己过秤的能力，也是空间定位能力。获知自己在哪里，看到了前后左右，同时知道了自己的分量，物理学叫质量。由此得知自己的起点在哪里，终点在哪里以及自己的运行速度是多少。马三立将此称为“饭量”——知道自己吃几碗干饭。人类在已知的几千种疾病中发现与糖代谢异常相关的病曰糖尿病，但没发现苦尿病。甜可置人于死地，但苦不会。作为味觉的苦，只害了舌头但不会使舌头烂掉，苦味无害于其他器官。人惯着自己，先惯自己的舌头，曰吃喝。再惯着自己腿脚，曰行，又惯着自己见不得人的器具，曰色，还惯着自己的脾气，曰嗔。集合起来说叫吃喝嫖赌或酒色财气。人类已经摆脱朝有饭、夕没着落的困窘，有用钱币脂肪积累资源的能力，之后追享膏粱厚味，曰享受，实为轮回。

苦瓜没想过人也会吃它。它以为苦可免刀俎，但仍有人自讨苦吃。苦瓜的一生跟人吃不吃没关系，就像人的一生怎么活跟骨灰盒形状没关系。苦瓜比其他瓜更像玉，故宫里的白玉苦瓜坚而美，比想象中的白玉黄瓜、白玉西瓜、白玉冬瓜比接近艺术。苦瓜之绿是柳梢初青的绿，它绿不到西瓜那种深潭之色。苦瓜的初绿如同说苦也是一种清新，这是春味。春天里，没有哪一样植物突兀地冒出来甜。甜总是夏季与秋季以后的事情，是中年而非青春的味道。事实上，你嚼一下春天的杨树叶子、柳树枝条、包括嚼一嚼杏花和桃花，都有苦味，只是苦的比较淡。大多数植物对人的味觉而言都有些苦，人类栽培养育的植物时除去了这些苦，苦是自然界原初的味道。苦瓜不删除自己基因里的苦味，此乃清高。它比大多数瓜果蔬菜都宁静，不去谄媚人类，只过自己的生活。

蘑　菇

蘑菇并不是草地和森林里的居民，它们只在雨后突然出现，打着伞，三三两两，在齐腰深的草里行走。我喜欢这些冒冒失失的客人。它的样子与草、树、泥土和石头都不一样。如同雨后的深山出现了一拨儿非裔人。蘑菇是坐着雨滴下来的吗？没人这么说。那么，它是谁的亲戚或后裔？是鹅卵石的后代吗？脑袋像，但身子不像。蘑菇的颜色像老树皮，圆帽子的帽遮卷回去，腿还是挺白的。它的伞或者叫帽子背后有电路般的连线，又像牛肚。它们上草地干什么来了？

我喜欢突如其来的东西，如蘑菇。这本来不是它的家园，它却不请自到。蘑菇另外一样才华是突如其去。如果不采集，蘑菇会消失。伊悄悄地走来，如同伊悄悄地离去。那些草，大树、石头和泥土都不能突然离去，它们不知道上哪儿去，也不知谁帮助它们离去。这对蘑菇来说根本不算事。我曾以为蘑菇身上装着一个定时装置，时间定在四十八小时或七十二小时。时间到，蘑菇没了。它升天了吗？我在雨后仰脖子往天空看，没看到一只只蘑菇举着小伞飞升。一次，我终于看到蘑菇在飞，我激动地看表——因为这可能是科学史需要记录的时刻——年月日，在天上飞行，北纬东经多少多少。后来那只蘑菇落在树上，我以土块击之，它展翅，原来是一只戴胜鸟。在科学史上留名没那么容易，比在文学史上留名更难。那么，蘑菇在雨后的第二天、第三天去了哪里？如果没被太阳晒化，如果没变为麻雀和戴胜鸟，它们跑到了哪里？没人回答我的提问，我也不敢问别人，免得被讥为愚不可及。我觉得蘑菇有可能沿原路钻到地里去了。

我曾经研究过草地上的蘑菇，看它哪里安着定时装置，撕开它的腿儿和伞，找出一个类似芯片的东西。没有，之后我把它吃了。吃掉蘑菇后，人的时间观念会改变吗？我没感觉。它进了我的胃里，就哪儿也不能去了，胃的下边是肠子，没有什么原路。蘑菇的名字不像植物，它像鸟儿或奇异人物的名字，鹧鸪、三仙姑。我有一个同学名叫何美姑，把辈分放到名字上是不是搞破坏啊？况且她不美，两眼睛如眼皮上粘两片葵花籽皮。我叫她何不美，何美姑这个名让她爸叫吧，他起的，原汤化原食。

蘑菇们是儿童，至于它们是哪一种族的儿童就搞不清楚了。它们身上也许有许多血统——树的、伞的、蛇的血统——这个事可以先放一下。蘑菇们来森林草地游玩，蹚过沾满露水的青草，寻找从天上遗落的鸟的羽毛，找刺猬或腹蛇蜕下的皮。说蘑菇长不大是因为怎么看它都不大，它没有长大的样子。如果蘑菇长到松树那么高就等于长出了一座房子。小蘑菇跟雨有关，小时候，我上学那个胡同雨后车辙里的积水里浮游一只只小生物，如西红柿籽那么大，也那么晶莹，人称“玻璃牛子”。问别人：玻璃牛子从哪儿来的？答曰：雨水里带的。可是，从我离开那个胡同，在全国各地的雨后再没见过像鱼眼睛一样、被我们捞进罐头瓶里养的玻璃牛子。可见，只有赤峰市从房产科到汽车站之间那个胡同降雨才降玻璃牛子，这是确定无疑的。我一直怀疑雨水里藏着不为我们所知的东西。在敖汉旗一处沙漠，雨后，沙丘上洗脸盆大的水坑一定会出现小鱼，两三寸长，脑袋尾巴是全的，尾巴摇摆。这里是沙漠，除了蜥蜴外，没任何生物。鱼是从哪儿来的呢？像压缩饼干似的脱水鱼苗藏在沙子里？不太可能。沙漠干燥，被太阳晒得滚烫。一下雨就有鱼，太有意思了。我觉得这些奇妙的事情见到就可以了，千万别让所谓专家解答，他们煞风景。

蘑菇也是雨水带来的吧？可惜蘑菇不会说话。如它可言，一定会承认。雨水像播种一样播散着奇里古怪的东西，包括我怀念的玻璃牛子。蘑菇是雨水带的，还有木耳。我甚至怀疑许多果树根本不会结果，是雨水落在它的枝头上变成了果，比如樱桃。我看桑葚也是。它的小籽跟鱼籽一样，完全不属于植物，也许跟玻璃牛子有一点血缘关系。春雨在果树枝头悄悄点了种，道理跟嫁接差不多，现在叫转基因工程。果实在枝头悄悄生长，由小变大、由青变红、由酸变甜。山楂由酸变得更酸。果树的作用只是用树枝举着它们而已。

蘑菇你承认吧，你是雨水的孩子。你告诉我们是谁跟你起了一个鸟类的名字，也是雨水吗？关于你的出身我们不再问了，可是你要告诉我们，在雨后的第二天和第三天，你去了哪里？会不会像海蜇一样被太阳晒得化为一摊水呢，蘑菇，你说话呀？

洋葱的衣服

蔬菜里面，衣服最多的是洋葱。或者说，洋葱没有身体，全是衣服。如果是紫皮洋葱，剥开外面的紫皮，里面的衣服还是紫皮。把它的衣服一直脱下去，它的衣服一直紫下去，最后剩一个纽扣大的、既不是核也不是芯的东西，像哨兵守在里边，这个东西长开了还是衣服。因此说，所有洋葱都是一个衣裳铺子，或衣服柜子。

洋葱在中药学的药性，有壮阳之效。谁生吃洋葱都要冒汗，性大热。但它怕冷，穿上了所有的衣服。而且它的衣服不分里外，样式色彩全一样，薄厚不一样。小时候，我们夜里翻墙爬上小卖店的洋葱垛吃洋葱。躺在洋葱上大吃，吃完一个再吃一个，跟吃梨差不多，把洋葱的衣服全吃了，不辣，甜而脆。现在的洋葱个个脾气火爆，再显能耐的人也吃不了两洋葱。这是怎么回事？跟气候变暖有关还是跟排碳量增加有关，搞不清楚。也许是菜农加了过多的添加剂，把洋葱惹恼了，谁吃辣谁。

一次，我碰见一个在新疆生活的人，他说新疆的洋葱可以生吃，甜。我一把拉住他的手，问：是真的吗？他说真的。这下我放心了，世上还有温良恭俭让的洋葱、君子绅士洋葱，只是它们离咱们有点远。

科学资讯说洋葱有净化血液的功效。敏德尔博士那本风靡全球的《最具抗衰老效果的一百种水果蔬菜》，对洋葱给予积极的评价。但洋葱怎么吃好呢？它总是太辣。有人说拿洋葱泡红酒既好吃又好喝，我试过。我戴上韩国产、著名的“蝶衣牌”游泳镜，“咔咔”切洋葱，浑身熏出一层汗，但眼睛没事。在洋葱碎末上倒上红酒泡一个礼拜，问题来了。国产的中档红酒，开盖后到不了一星期就馊了，拿勺豁拉酒里的洋葱馊得更快。而且，你喝到的酒味道怪极了，这两种东西似乎不应该在一起混，混上就有不可思议的化工原料的味道。人说好多日本人正在喝这样的洋葱酒，他们太能自残了。

有一年，香港遭遇寒流，冻死了一位七十多岁的老人。他家里没有取暖设备，香港过冬一般用不上取暖设备。人们发现老人身上穿着所有的衣服，共十一层，除了两件西服外，其余全是衬衣。这么多衣服也没帮他保住体温，他以洋葱的样子溘然离世。

服装科学里面有一门人体工程学，其中说衣服和保暖之间的关系。该学认为，若想有效保住体温，不在衣服厚，而在层多。保暖的不是棉花、棉布与皮革，是每层衣服之间的空气层。由此，服装学里还有一门学科叫空气气温学，阐释为什么穿很多层衣服会保暖。其实这门科学从仿生学而来，鸟类的羽毛就靠空气层保温与排热，它是一个系统。

现在专家特别多，每一种学科派生出分支学科，分支再分支，简直就像洋葱一样，繁复之极，内里什么都没有。

西红柿

在我长期喜爱的东西里，有一样是——

西红柿。

我甚至为它着迷。如果我看到哪一个人站在路边，弯着腰，忘情地吃一只西红柿时，就感到他是自己人，是“我们”。

而“我们”在吃过西红柿后，手向地上甩汁水，以袖子擦腮，更令人感到亲切。假如真的有一位上帝，它看到子民这样享用造物的恩典，一定会高兴。这样吃柿子，与喝柿子汤、在桌边文雅地吃糖拌柿子完全不一样。当一个人腮边没有沾上西红柿的汁液，那珍珠般莹润的西红柿籽没有在牙齿间上下飞逸时，仿佛还没获得更大的幸福。即使如啖西红柿，幸福亦有大小之别。

我吃柿子前，掰开，看，赞美它们。在鲜红的西红柿的穹窿里，绿莹莹的籽像小粒的翡翠排成一个小金字塔，也像杂技演员叠成的罗汉。这令人欣喜，和其他果蔬比，这个情况似乎藏有更多的秘密，比杏与葡萄肉更神秘。我有时对站在顶尖的西红柿籽说，小心，别掉下来！每个西红柿里都有五个装籽的房间，泛黄光的小籽像小鸟的眼睛，滴溜溜的。它们像议员一样，在五个大厅里表决秋天的事情。

我的朋友赵世民是乐评家。有好几次，我赶到他在鲍家街的居所时，都见他笑着，进厨房取一只大红柿子，掰一半给我。接过来吃，特朴实，虚情假意的东西一点都没有。他吃完还拍拍肚子，更加“我们”。而后的谈话是轻松愉快的。那年赵世民生病不能下楼，其兄大踏每天都为乃弟送柿子。

西红柿还有一些奥妙，譬如其番茄红素对前列腺大有补益。但我们不图这个，只为了稀拉呼噜由口至腹的美感。

有一次，我到一位高官府上去。高官客厅里好吃的有的是，譬如镶花生仁的红枣等，荔枝成筐。高官挺客气，问：吃点啥呀？我说有柿子吗？高官宽和地笑了，进厨房取西红柿。我从其不易察觉的叹惋中，看出他对我的怜悯。大约是：天下之大，品尝美味竟有未出柿子之右者。

在我儿时，“文革”硝烟刚起，有一派主导势力名“五四兵团”，天天开宣传车广播，说西红柿乃反动名称，西即西方。号召人民管它叫“东红柿”，借此歌颂伟大领袖。

绿屁股柿子

神经哲学家（亦称哲学神经学家）说，人的潜能与他所运用的显能相比，后者只占2%左右。也就是说，每个人都揣着98%的潜能浑浑噩噩地度过了一生，自己不觉。

我闻此学说挺惊讶，还有那么多的潜能没发挥，岂不是捧着金碗讨饭吃吗？一定要把它们找出来运用。我坐那儿想潜能。潜能，出来吧！闲着也是闲着。但潜能不动声色，要不咋叫潜能。我回忆自己的显能。胡琴、笛子，水平太一般。作曲，我七岁的时候作过一回曲，时比莫扎特大两岁，曲名《拉风匣之歌》，中速，进行曲式，降B调，但没唱出去。我给朋友演唱此曲，还没等唱到副歌——副歌是一首歌曲中最好听的部分，朋友翻着白眼说，像你这种曲，我一天能作一百首。而后，我从作曲界全身而退。其他的显能是当车工、在农村起猪圈、套车、给果树喷药，都没啥了不起。

潜能应该是超凡脱俗的洞察力。我也有一些洞察力，这是针对香瓜而言。别人挑香瓜，用鼻子闻，还有人用手掂量；我挑香瓜，目光一扫就把筐里的好香瓜纳入眼帘。一指，这个、那个，上秤一约，完事。有一次，我对卖香瓜的人说："我把香瓜挑完之后，你干脆回家，剩下的没法吃。"那人（一农夫）眼光发亮，用粗黑的大手捧着我的手说："大哥，我算服了你了。"什么是"服了"？即在实践中自然而然形成的威信。我在香瓜界威信挺高。

我与香瓜在心灵中形成默契，像组织部与干部之间的关系一样。谁好谁坏，一看就明白，还用闻、用捏吗？笑话。吾妻乃香瓜发烧友，她见了香瓜一般是一口气连吃四个，吃的时候表情专注，另一手像女游击队长一样叉着腰。她自己也挑香瓜，但水平没法跟我比。她对我作一赞语，赞曰：你挑香瓜可比写散文能耐大多了。

除香瓜外，我的另一洞察力是挑西红柿。好柿子有棱，不是红色，而是粉里透一些白。还有一特点是屁股要绿。那些像猴屁股一样的红屁股柿子不是用了催红素，就是摘早了捂的。绿屁股柿子乃天生丽质，皮厚汁多。吾妻在吃香瓜的时候，我一般在吃西红柿，也是三至四个。吃完，我想象着莹洁的、像鱼子一样的西红柿籽在我肚子里游行，是一件高级的事情。有此潜能，我也该知足了。

腊菜缨子下酒

我饮酒遍尝百味，都不入口。

说遍尝百味，很有吹嘘自己是大员外的意思，其实没这个用意。“遍尝”是有酒就喝，随梆唱曲。“百味”在于所吃之物啥玩意都有，蝎子甲鱼，林林总总，并不由个人掏钱。而“不入口”，责任在我命贱。若在旧社会，我顶多出落一个土包财主——好东西吃到嘴里不知道啥味，也许是酒精把舌头味蕾的武功给废了。

近日吃一物，曰好。吾妻之友赠腊菜缨子一束，用盐渍过，淋淋漓漓深绿而近于黑。一嚼“咯吱咯吱”，如老鼠啃办公桌脚。

这玩意儿好吃，尤其下酒。首先它浑身一股浓郁的乡土气息，像沈阳举办的秧歌节一般。憨，是一味，有布衣荆钗的纯朴；粗，又是一味，勿用精细烹饪，不妨下锅一煮。这种风格，与东北汉子和东北人惯饮的高粱烧都是一种神韵相近的契合。

腊菜缨子有一个雅得引人发笑的学名：雪里蕻。这已令人不知所云，而“蕻”是茎的意思，联在一起，便有诗经般古奥了。用它炖豆腐，一白一绿，暗自传味，相得益彰，两者可作恋人观。而腊菜缨子下酒，亦如老夫少妻，泼辣与体贴、热肠与温口，见得出一段恩爱。

嚼腊菜缨子适合回忆农村的事——烟笸箩、火盆和烧秸秆的香气，主人披黑市布棉袄沿房山墙转一圈儿，干咳两声，寻个暗处撒尿，回头再给槽里之马添一把豆饼渣子。

喝烧酒辣得人张开大嘴直哈热气，心也暖了，肠也热了，皱着眉头看窗外那棵光秃秃的杏树，心里默念节气：三九添一九，黄牛遍地走。

在城里，嚼腊菜缨子下酒，眼前竟有恩恩怨怨的台湾电视剧。嚼一阵儿，左顾右盼总好像不是滋味儿。

菜啊，菜

养生家说长寿的基础是少吃肉、多吃蔬菜。医生支持这种说法，说高血压、心脏病，特别是肠道疾病跟吃肉多、吃菜少相关。

我起初也相信这些话，觉得说这些话的人基本是人类的救星。此言虽然对卖肉的不利，但人们买肉省下的钱买菜，社会经济总量也就是所谓 GDP 也没有减少，而且人健康了，这比什么 P 都好。

现在我已经不敢相信这类益世金言，窃以为医院患者越来越多，可能正是吃菜吃的。我盼望一位有实证结论的医生毅然站出来说：高血压、心脏病，特别是肠道疾病多是吃菜太多的结果。

我看到一个消息，全国有成百上千的机关企事业单位自行办农场种菜，既有中石油这样的大户，也有卫生局、疾控中心、质监局、农业局这些敏感部门。

我们一边吃市场上的菜，一边等待不知哪一天疾病以极为奇怪的方式在体内爆发。

农药、化肥大量施于蔬菜生产，这是众所周知之事。我们吃进嘴里的菜不但含有杀虫剂，还含有使西红柿膨大、使草莓鲜艳、使葡萄挂霜、使大葱像胡萝卜那么粗、使芹菜像大葱那么粗、使蒜变成独头的各式各样的化学生长剂，包括让绿豆芽不蔫（正派的绿豆芽一小时就该蔫了），让黄喉、百叶可黄可黑的化学品。我冒天下之大不韪说一句得罪人的话：今天的坏事大部分是由化学家与农民联手干的。

人把让菜赤橙黄绿青蓝紫的化学品吃进肚子之后，没人说你的身体会出现哪些变化以及怎么代谢它们。国家本有食品药品监督局，还有一个预防医学科学院。他们本该把每一种蔬菜化学品进入人体的毒理与病理反应告诉公众，但他们没这么做，可能是没这能耐，也可能不允许公布这些结论，避免破坏三农工作。过去有一本书名《菜根谭》，我们现在要跟菜谈，谈谈蔬菜栽培到底用了多少种化学品。

人的身体实为化学体。任何一种物质进入身体后都被以化学的方式识别、吸收或排斥。身体做不到原封不动地排除有毒物质，它只能用自身的化学物质分解与化合这些东西，一方面消耗掉自身资源，另一方面产生处理毒物的新废料。简言之，上帝造人的时候并没想到农民和化学家联手在蔬菜上使用杀虫剂。现在最落后的乡村也没人生虱子了，人的身体已经成了杀虫剂的仓库，虱子臭虫都绝种了。目前在全球范围内，蜜蜂、蜻蜓、蚂蚁的数量都在减少。而人群的内分泌疾病在增加，流产与不育症已经成为常见病。有一个农民作家十年前对我说的一番话犹在耳边："城乡二元的户籍政策让农民受到屈辱，农民终于有机会报复了，那就是用农药。”这位农民作家说，他家种菜早就分出了不同的畦子。他说，他无法想象城里人以后会得什么怪病。

并非所有的城里的人都得罪了农村人。政策确实由城里人制订，但这只是城里少而又少的人，况且他们有能力不吃市场上的菜。国家能决策政令的人也就几百人，参与制订政策的人也就几千人，他们吃不了多少菜。

杀虫剂在人身体里的代谢过程是一个迷宫式的系统工程，没听说国内谁在研究这件事。但确定无疑的是，杀虫剂必定对人类的血液系统、神经系统和肝肾造成损害。我怀疑它的伤害标靶还包括人的生殖系统。以后的人不一定需要计划生育，可能要像俄罗斯那样对生育者颁发奖章。在杀虫剂的影响下，孕育将成为困难的事情。不光蔬菜，肉里含的激素和抗生素一点不比杀虫剂好多少。

以后，我不打算吃菜了，只吃在地面下生长的土豆、萝卜以及白菜心和从来不生虫子的花椒。以后，人们吃菜，能够想到的方法大约是：一、在窗台垒一堆土种菜；二、上外国买菜空运回来；三、合伙到农村雇人种菜；四、把家迁到农村；五、前半辈子挣钱，后半辈子自己种菜。六、置换人的牙齿和肠胃系统，改吃青草。当人适应了草的纤维后，可像牛马一样强壮。

图书在版编目（C I P）数据

面包的天堂 / 鲍尔吉·原野著. — 南京:江苏凤凰文艺出版社，2019.4
ISBN 978-7-5594-2132-6

Ⅰ. ①面… Ⅱ. ①鲍… Ⅲ. ①随笔—作品集—中国—当代 Ⅳ. ①I267.1

中国版本图书馆 CIP 数据核字(2018)第 107485 号

面包的天堂

鲍尔吉·原野 著

责任编辑 李 黎
装帧设计 赵 瑾
责任印制 刘 巍
出版发行 江苏凤凰文艺出版社
南京市中央路 165 号，邮编：210009
网 址 http://www.jswenyi.com
印 刷 苏州越洋印刷有限公司
开 本 880×1230 毫米 1/32
印 张 7.75
字 数 155 千字
版 次 2019 年 4 月第 1 版 2019 年 4 月第 1 次印刷
书 号 ISBN 978-7-5594-2132-6
定 价 35.00 元